目錄

推薦序

風捲江湖雨暗村

東年

你們家族有嚴重基因缺陷，封閉在自我世界，無法分辨夢幻現實，加上安眠藥副作用，這種現象更加嚴重。

在〈木耳〉這篇小說，女醫師以布袋戲音調這樣表示。這篇小說寫一個老婦人因為鬧失眠去看病，希望醫生能加重失眠藥分量。老婦人埋怨失眠更嚴重因為隔壁有人辦喪禮，誦經聲像穿腦魔音，上星期鄰庄神明聖誕放煙火，也令她苦不堪言；她患失眠，根本原因則是植栽木耳帶來職業病。木耳熟成需在夜裡採收，趕緊切除蒂頭放進烘爐烤乾，以免白天日曬腐爛；「每一戶攏無在睏。歸個月攏無在睏，就按呢，等候收成了，才會當睏介三眠三日。毋過按咧呢，半眠顛倒睏不去啊……木耳大發，無在分過年不過年，伊大發，你就毋使休息呢，你要和伊拚，毋按呢，你的囡仔學費備按怎來？咱種田仔飼不起囡仔，才會想備趁這款錢。天公伯仔可能看阮糟蹋睏眠，就收轉去，攏不愛予阮睏啊！阮即歸條路仔，種木耳的大家攏莫失眠？大家後來攏免呷安眠藥仔？唉，趁這種錢得這種病……」排在這本小說集最後一篇，我讀後，不免會想，這本小說正是在談臺灣基因形成的現實和魔幻。

在一九八〇年代，姜天陸已接連斬獲《聯合報》小說獎和各種文學獎，燦爛崛起（近年從校長教職退休、復出文壇，又以〈擔馬草水〉由《自由時報》林榮三文學獎小說獎給予最高肯定）。那時臺灣鄉土文學風潮尚存餘韻，這種思潮，一方面發掘地方風土人情（散文、雜文），另方面關懷弱勢為底層抒發不平（小說），而史學界也開始脫中返臺試圖建立或虛構歷史（各就學識修養或態度而有同異）。這種大時代轉捩，當然會有激烈紛爭，但，以必須和最高理想而言，放棄各種意識形態極端分歧，才能如實勉勵自己和他人。

姜天陸出生嘉南大平原，又以中小學教師身分上山下海，真是得天獨厚；能比大多的鄉土作家有更開闊的鄉土視野，特別是在這本小說集《擔馬草水》（臺灣廟宇文化，神明遶境時，許願還願信眾為陣頭中的天兵天馬挑擔糧草和飲水；以此命名）其他各篇，觸及的原住民保留地、戰時金門駐軍的地下坑道、底層民眾和農民，都相關地理和人群邊際。在其中生活的邊緣人（marginal man），不能充分參與群體或真正獲得不同團體關注，或混亂無所適從、或努力自我救濟寄望後人建立比得上他人的身分；這種邊際，就是認識臺灣基礎生活人情世故的真實指標。亞洲四小龍，甚至於自以為雁群領頭的日本，因為金融資本、製造業資本外移，土地資本已經大幅毀損，經濟奇蹟神話破滅，而國際競爭更加劇烈，回歸這樣的基礎勢不能免；回顧及警示這樣的基礎也就正逢其時。

以我的記憶，姜天陸的鄉土意識不像從前溫和充滿憐憫，而是旁觀中帶點臺灣文學表現難得的幽默；這樣注視人的徬徨或努力，或許更能貼切事實，也更具同情和諒解。這部小說的文字，也不像我記憶中的精練，當是故意的撰寫（novel on purpose）；我自己曾經費一年時間把寫好的長篇小說，其中應該說閩南語的人，對白全都重寫。人文社科學者就人的生活綜合整理，捨棄生活細節作抽象概念表現，小說家同樣使用社科方法加上生活哲學思慮，把其他學科難以表現的細節和意義氛圍直接描述，有時需要精練組合的文字建構，有時這種精練文字反而可能過度詮釋而把細節意義失真；這部小說集的文字選用，也許就是我說的故意。

這部小說的撰寫心情，在我讀後，能想像及回味同樣歷史境遇。愛爾蘭小說家喬艾斯（James Joyce）說：「當出生在這個國家的心靈被許多網子陷阱圍住，使他無法戰鬥，你和我談國籍、語言、信仰，我必須先努力飛過這些牢籠。」（《一個年輕藝術家的畫像》）還說：「歷史是惡夢，我正努力要從裡面醒來。」（《尤里西斯》）可見其中艱難，各種意識形態紛爭也是如此艱難的原因。而，愛爾蘭相對的英國，女性小說家喬治．艾略特（George Eliot），鬆弛自己的知識潔癖，寬懷自我勉勵：「人的生命，我以為應該要在家鄉立足、扎根；那裡可以接觸和感受土地親情、血脈相連、人的努力、熟悉的聲音和腔調，以及無論你以後知識如何開展都還能讓你確切親近感覺到起初的家，這些特殊感情……這地方，你早期回憶的確實性可能後設或新加影響，但是，在你對鄰居的善良友誼，甚至於對狗和驢子（無賴或頑固的人）可能述說的不是感情用事或反射，而像是一種愉快的生命習慣。」

三腳鴨

鴨寮就在眼前，呱呱的群鴨聲音使得鴨寮似乎左右搖擺，然後是鴨屎腥臭味生腳帶翅飛了過來，沿路的稻香味瞬間萎縮了。

他進入鴨寮前，先在寮外看到兩隻死鴨被蓋在竹簍裡，牠們褐羽豐飽身體健壯，雙眼不閉看來只是睡著。這批鴨子已經一個多月大了，有三千隻，這年紀的鴨子像十五、六歲的年輕人，臭屁得要命，連拉的屎都嗆人，即使地上鋪的稻草每幾天就換新，仍然隨時黏滿了濕稠的鴨屎。

牠們已度過雛鴨時隨時死亡的危險期，何況這兩隻死鴨並不是長期被攻擊的病瘦鴨，這樣的鴨子按理說不會死亡的。阿爸看到這樣的死鴨會特別暴躁，阿尊就得繃緊神經。

寮內的鴨子都下魚塭了，這時角落出現鴨影，是那隻三腳鴨，牠奄奄一息的躲在土窪裡，啄了一下他的腳趾頭。這隻鴨子的屁股上方竟多翹著一隻小腳，那腳一般長，一樣有蹼掌，群鴨幾乎無時無刻不圍著啄牠——從雛鴨起，鴨子會用嘴喙咬任何東西，塑膠網、稻草、石頭，甚至別隻鴨子的頭——他不忍牠被啄死，每次他一來鴨寮，就將牠連同幾隻病瘦鴨捉到鴨寮一角，用一個小竹簍養著，到了鴨子要下水玩的時間，還是要把這些鴨子全丟下水。阿爸說，鴨子沒下來玩，就活不下去。

三腳鴨還能活著，算不容易了。那些腦傷的、因歪脖原地繞圈行走的、眼傷亂行的雛鴨，牠們的生命很短暫，因為無法搶到飼料，或是在水裡一直繞著小圈轉，無法上岸，不到幾天，就會癱軟在地，任由群鴨啄咬，終而死亡。

至於那些身強體壯的雛鴨，有另一種令他不解的死亡方式，原來雛鴨睡覺時，會往鴨群裡擠，越擠越堆越高，終成一座小山，那些睡眼朦朧的小鴨還往裡擠，他的工作，就是不斷的將這些鴨群拆開，被拆開的鴨群迷迷糊糊的又在旁邊堆擠起來。不管他怎麼拆開牠們，最後總會有一兩坨軟趴趴的肉團，身體還保持著溫熱，雙眼緊閉，在睡眠時跨進死亡的國界——孤單的三腳鴨對這種死亡的誘惑，算免疫了。

牠也付出了代價，身上僅剩幾根瘦骨掛著幾片殘羽，大片紅通通受創的皮肉，一雙眼睛相對大得亮眼。那翹起的第三隻腳永遠都是鮮紅的血肢，從牠還是小雛鴨起，其他鴨子看到這隻腳，就趨近來啄一口，不管牠怎麼繞圈轉身、怎麼閃躲，牠總是被團團圍住，不斷猛啄，直到奄奄一息，頭垂在土窪裡，好像每一天都要死一次，想不到現在竟然還能看到牠趴在地上喘氣，那些歪脖的、眼瞎的都已經死亡，被丟到外面的土溝裡長蛆腐爛了，牠竟然還活著。

這裡位於大溪北岸，連著十幾座魚塭，魚塭的龐大身軀似乎把大溪嚇軟了，大溪只敢躲躲藏藏的游過竹叢和雜草間，偷偷摸摸的放些青竹絲、龜殼花或是老鼠出來威嚇人，牠們爬進布滿叢叢牧草的塭岸，窺伺著看鴨人的赤腳，準備偷咬一口。他家租的鴨寮就在這群魚塭最外圍的北角岸上，南北向的鴨寮有幾隻瘦弱的水泥柱當腳，石棉瓦屋頂上用磚頭壓著稻草隔熱——這癩痢頭般的亂髮讓鴨寮顏面盡失。鴨寮南角靠魚塭有十餘公尺的岸地，趴著三棵樹形扭曲的黃槿樹，樹上的黃花，算是給岸下那五、六十公尺圓圓胖胖的塭水打上一個鮮艷的領結，讓附近十餘座單調的魚塭有點自慚不如。鴨寮北角有隨意用木板釘圍成的小房間，裡面除了木板床外，堆滿了糠粕等飼料，那是他父親晚上過夜的囚牢——阿爸總是這樣抱怨，說他十五歲就被關進這間囚牢了——除了一臺收音機外，阿爸只有兩副天九骨牌陪他過夜。

他每隔一段時間，就拿起大竹竿，將所有的鴨子趕下魚塭去嬉水，天氣悶熱，鴨子若被熱昏，會食慾不振影響發育。現在鴨子已長得夠大，牠們下魚塭後，會在水裡嬉游很久，尤其喜歡潛水，頑皮的還會潛出鴨圈外——那是阿爸用鐵網子圈出的水域，一路圈到岸上，沿著鴨寮四周圈了起來——牠們上岸後，大都就伏在黃槿樹下的蔭影裡吹風打盹，卻也有一些頑皮的鴨子會鑽出鐵網跑到外面遊蕩，願意進鴨寮休息的反而不多。

他屢屢遠望北方的村落，那裡的房舍鋪滿天際線，他的同學昨天約好今日要一起玩牌、打玻璃珠；還有女同學約大家下午要去老師家，因為過完暑假升上五年級要換老師了。他不確定能否參加同學們的活動，只能在旁邊默默的聽著，等到晚上他拿出成績單來請阿母簽名時，阿母先下手了：

「放暑假矣，明仔日透早去鴨寮，咱的稻子閣毋割，攏老矣。」

果然如他心中所料，他也不用開口問了。

「家己簽名。恁阿兄以後袂當去鴨寮矣。」

「阿兄是按怎免去鴨寮？」

「伊升國中，暑假愛上課，以後你家己一个人去。」

阿母不識字，從不看他的成績單，總是要他自己簽名。以前他的成績排不進前五名，阿母會說：「咱散赤人。」意思好像要他更加努力，衝到前面；這次他第三名，阿母結論：「咱散赤人。」彷彿覺得他成績太好，太張揚，不符窮人的規矩。

散赤人？這句話是阿母的護身符，每當她說出這句話，他就失去要求什麼的力氣。

現在他一人被遺忘在這裡，從庄頭望向這裡，應該是在天邊的感覺了，同學們早忘了他，一定正瘋狂的玩樂著。

炎陽在鴨寮上頭燒著，鴨子們都熱得雙眼迷茫，走起路來左搖右晃，懶到連下水都無力。

「嘿！」

他被嚇了一跳，回頭一看，一個陌生男人已踏在鴨寮的陰影裡。

男人滿臉汗水，嫩細的臉龐肌膚一看就知道不是種田人，卡其色褲子和灰色上衣，踏在稻草梗上的皮鞋，更顯突兀。

「沒有大人？」男人張望著寮內，用生硬的國語問他話。

他搖頭，一時不知道如何應對。

「你幾年級了？」

「升上去五年級。」

「校長是陳進福，對吧？」

他很訝異這人知道他們校長的名字，他放鬆了一些，點頭。

「我和他很熟，矮矮胖胖的，我們一起吃過飯。這裡出入的人多嗎？」

搖頭。

「這裡魚塭和工寮真多。」那人繼續：「我隔幾天到學校找你們校長，你五年級嘛！我會告訴你們校長，你很認真工作。」來人竟往寮內走，邊走邊說：「我到寮前看看」

他不知道怎麼辦？只能跟著他走，幾隻躺在地上的鴨子被來人驚得嘎嘎亂叫，起身閃開，來人穿越寮內，走到寮南黃槿樹蔭下，往前方魚塭的方向左望右眺：「工寮都有住人吧？」

他沒有回應。

「魚塭有十幾窟哦！那些工寮，做什麼用的？晚上會有人過夜嗎？」

難道這人是小偷？他聽過有小偷趁黑夜會到魚塭偷網魚的，決定嚇嚇他：「晚上很熱鬧，很多人會在。」想不到自己的聲音乾枯得如柴頭。

男人回頭，笑著看他一眼，露出一抹微笑：「你說謊。」又隨意問了：「鴨子價格現在好嗎？」

搖頭。

「那你知道哪個工寮最熱鬧？」

搖頭。

「這邊的工寮比較有人，還是最遠那邊的？誠實是做人的根本，不是嗎？」男人返身來，直視他。

他被逼視得退了一小步，搖頭。

「我不是壞人，別怕。我和陳進福校長很熟的。我來看風水，想了解一下這一帶的風水。」男人擦去額頭的汗水，又望著那些工寮和魚塭。

一隻鴨子緩緩靠過來啄了一下男人的褲管。

「好吧！我走了。」男人笑著看他：「我會去看進福兄，很久沒和他吃飯了。對了，你叫什麼名字。」

「阿尊。」

「什麼？」

「阿尊啊！」

「不是，我是說全名。」

「林至尊。武林至尊的至尊。」

「哇！武林至尊，真嚇人？誰取的名字，我第一次聽到。」男人的眼睛亮了起來：「這名字很少。」

「我阿爸。他說這名字會帶來好運。」

「好運？我第一次聽到，好運……」那人低吟著，返身穿越鴨寮，跨上一輛老機車，騎上產業道路，在金黃的稻穗間彎進彎出，往庄頭的方向騎去。

阿尊鬆了一口氣，這大人不可能沒事來問東問西，尤其毫不客氣看人的眼神，很像學校裡很兇的一些老師。他站在黃槿樹下，想不透這片「風水」有什麼好看？他隱約覺得這人一定和阿爸有所關聯。阿母偷偷說過阿爸年輕時曾詐賭被逮，右手的尾指，被人用磚塊敲扁了，直到現在，那尾指的指甲，就只有烏黑一片。

遠處有兩座廢棄的鴨寮，還有四座全身包緊緊的小工寮，阿爸常常到其中一座較大的工寮去找人，還笑稱那是「別莊」，「別莊」被周圍的牧草團團圍住，那裡的魚塭太龐大，彷彿有一股力量會把他拉進水裡去。

「你袂使去遐。」阿爸早就禁止他過去。

這時最中間那座別莊打開一道門，從裡面出來一個人，是魚塭主人草伯仔，走到塭岸的牧草叢前，像是在撒尿。接著，那別莊小門又出來兩個人，叼著菸，也步向牧草叢。

那裡一定藏著什麼祕密。他好奇的望著。

「人死矣呢？」阿尊被後頭的聲音嚇了一跳，阿爸已回來：「鴨仔走入去稻田，你猶咧做眠夢。」

阿爸跳進西側的稻田裡，吆喝著，追趕鴨子，那原本結實纍纍密密實實的稻田已被踩踏出了一個大凹口，鴨子驚慌的在禾穗間歪歪扭扭的往前跑，踏折了更多的稻梗，阿尊不知道怎麼幫忙，只能站在田埂上乾著急。

「落來啊，佇遐看啥？」阿爸喊他。

阿尊衝進稻田裡，卻把鴨子驚得亂竄。

「你咧創啥物？」阿爸大罵。

阿尊驚慌的呆立，看著阿爸將鴨子趕出稻田，三、四十隻鴨子越過田埂旁的水溝，爬上鴨寮地基的岸壁。

「去共鐵網掀開。」

阿尊衝上岸，跑到前方，把鴨圈的鐵網掀開一角，讓阿爸將鴨子趕入寮內。他放下鐵網，裝模作樣的要找鐵網的洞，就是不敢進入鴨寮。最後轉到寮南的黃槿樹下。

阿爸鐵著臉走過來，突然幹譙一聲，操起竹竿，向阿尊的大腿猛力掃來。

阿尊轉身欲跑，但是竹竿太長了，他被竿尾掃中小腿，往前踉蹌，起身想逃，卻又被竹竿掃中而趴倒，阿爸大聲咆哮，不斷的揮竹竿掃他，他抱頭蜷身，屢屢起身逃跑，但總被竹竿追到，竹竿將阿爸的怒氣打入他的筋骨，他的腳骨突然一陣痛麻，無力起身，只能咬牙忍受鞭笞。

幸虧一道黑影出現，擋住竹竿大喊：「會損死人啦！」

那竹竿停了下來，阿尊忍痛趁隙往前衝，躲入牧草叢中，才敢回頭瞥一眼，原來阿爸手上竹竿被草伯仔奪去了。

「會損死人啦！」草伯仔把竹竿用力一甩，大罵：「伊是刣人放火，你一定要損死伊？」

阿爸吶吶的說：「你毋知影，這个囝仔，真惡質……」

阿尊往牧草叢中鑽去，不知道鑽了多遠，不知過了多久，才停下身來，等他停了喘，發現他的雙臂，滿是被四周的牧草鐮葉割破的血痕。他疲倦的靠在牧草徑上，卻還是張開耳葉聽著四周的聲響，唯恐阿爸又來追他。

風彈著牧草發出沙沙的聲響，偶爾有幾聲嘎嘎的鴨子叫聲，阿尊覺得臉皮上有一層硬膜，原來是自己乾掉的眼淚。他的心裡稍稍平靜了，本來他自覺欠阿爸一筆債，現在扯平，他不用再承受阿爸惡毒的髒話。他循著遠方嘎嘎的聲響找到鴨寮的方向，魚塭裡的鴨子已被趕上岸，是午餐的時刻了。不，魚塭中央仍有一隻鴨子的低鳴聲，阿尊從牧草葉隙間遠望過去：那隻三腳鴨，獨自沿著水中鴨圈邊界的鐵網游蕩。

等到鴨群飽餐，搖搖擺擺的步下水來時，三腳鴨從鴨圈旁邊進入鴨寮，這時塑膠墊上的魚粥飼料應該都已見底，僅剩鴨子羽毛上抖落的殘渣吧！

「你是按怎袂曉哀一聲？」過正午，阿母在牧草叢中找到昏睡的阿尊時說。

阿爸趁早到庄內的市場載回了爛魚粥和玉米、豆餅、高粱等飼料，機車後座堆太高了，停車時，要阿尊幫忙拉住，才不致翻車。阿爸扛完了飼料，交代阿尊看好鴨子，之後，他就不見人影。

鴨寮周圍的稻田都割完了，阿尊難得放鬆，可以在鴨寮內避日。早上他臨出門前，阿母正在庭院裡耙開稻穀，很高興說今天大日頭，再曬兩天，稻穀就能交農會了，阿母還停下工作，檢視阿尊大腿、小腿那一條條紅通通的竿痕，還要掀開他的衣服看腰部，阿尊閃開身子，說他沒事。

「睏去就毋通閣抓，你的小腿攏出膿啊，閣抓。」

阿尊的小腿本就布滿瘡疤，阿母說那是鴨糞毒引起的，尤其拉肚子的鴨子排出來的糞便最毒，她要阿尊不要踩到太濕的鴨糞。阿尊料想自己有穿拖鞋，何況鴨寮鋪的稻草上全是鴨糞，誰會一面工作，一面低頭避開濕鴨糞。就算要避，靠近鴨子時，常常有鴨子剛好將鴨糞噴在他腳掌上，怎麼躲也躲不掉。

這種大熱天，整個寮內糞味濃烈，阿尊總覺得小腿癢，加上蒼蠅來黏膿包，他不時雙腳要互相勾來勾去拍趕蒼蠅。

蒼蠅煩人。他不得不起來走動，看到寮角躲了一隻僅剩殘羽的病鴨，嘴喙一半黑一半白，「黑白郎君」——他腦裡閃過最近布袋戲裡的角色，這就是牠的名字。為何我沒有為鴨子取過名字？爸媽養了十幾年的鴨子，也從來沒有為任何一隻鴨子取過名字，有時阿爸要講某隻鴨子，就描述牠，例如：「彼隻喙仔予鐵網刺傷的、白灰白灰的」或是「一直落屎，黑尻脊的彼隻」，幾天後那隻鴨子就被遺忘。這些病瘦鴨子，如果有了名字，他就更能清楚的辨識牠們，了解牠們是否還活著。三腳鴨不就是個名字了，他看到一隻全身灰羽的瘦鴨，就叫牠「六合」，這會不會太誇張了，男主角耶！管他的，就是「六合」；對了，有一隻駝背的無羽鴨就取名「祕雕」，功夫萬底深坑的神祕「祕雕」，多好的名字。他決定繞一圈找出這隻「祕雕」。

走到寮南的黃槿樹下時，草伯仔不知何時站在那裡抽菸。草伯仔高強大漢，肚腹腫脹，笑嘻嘻的圓臉，看到阿尊，從褲袋裡掏出一張鈔票，就要塞給阿尊，阿尊推辭說不用，草伯仔說：「莫囉嗦，今仔日我爽。收著。」

草伯仔看著阿尊，吐口菸，說：「我看著你，就想著細漢的我。我也是差一點仔就予阮爸摃死。幹！」把菸蒂丟到地上，說完頭也不回的走向塭岸上牧草叢間的小徑，往百公尺外的別莊走去。

是一張五十元鈔票，阿尊反覆觀看了幾遍，收入口袋，又拿出來，盤算著這能買十幾隻冰棒。

日頭還爬不到正頂，鴨群都上岸，圍著阿尊嘎嘎亂叫，牠們翹首看著阿尊，嘴喙不斷啄著，連別隻鴨子的頭也啄，牠們餓了，阿尊想到別莊叫阿爸，卻不敢過去。鴨群團團圍著他，他往前走了幾步，鴨群嘎嘎跟著他轉動，他不敢移向鐵網，怕鴨群撞翻鐵網，全部撞出鴨圈就嚴重了。只能焦急的看著遠方的工寮，總算別莊門開了，一個人出來，轉入牧草叢裡。阿尊大喊「阿爸——阿爸——」那人循聲轉頭看到阿尊，待那人走入寮內，過了老久，阿爸出來，往鴨寮跑來。

這樣連續幾天，每日鴨群騷動。阿尊無奈，他不敢問阿爸在忙什麼，也不敢要阿爸早些回來餵鴨子，阿爸晚回，鴨子晚吃，他返家吃午餐的時間也延後了許多，用完午餐，他再匆匆趕到鴨寮讓阿爸換班離開。

夏日太長，阿尊被午後悶熱的氣息罩得頭昏眼花，坐在寮角的矮凳上打起盹來。寮內閃進人影，阿尊驚醒，一名著警察制服的人已在眼前。

「還記得我嗎？」

阿尊一看，是那天來過的男人，原來他是警察。

「我有去找過你們校長，他說你們正放暑假。」警察的眼神飄動著：「沒大人在嗎？」

阿尊搖頭。這時才注意外面也有一名警察探頭進來。

警察盯著阿尊：「他們都在哪一座工寮？」

阿尊不解何意，只好搖頭。

「哪一座工寮常常有人進出？」

阿尊搖頭。

「來，跟我來。」警察要阿尊走到鴨寮南角，這裡能看到大部分的魚塭和工寮。

「小朋友不可以騙人，要誠實，這裡有人開賭場，很久了，賭博害人不淺，我們要把賭博的人救出來，賭場就藏在工寮裡，你告訴我哪一座工寮常有陌生人來？」

阿尊會意過來了，原來那間別莊是賭場，難怪阿爸最近進入別莊就走不出來，現在他人也在那裡面。阿尊瞟向別莊，他可以感覺到那裡面，現在正賭得火熱。

「你有看到什麼人進出這些工寮嗎？」

阿尊搖頭。

「騙我，」警察緊緊的按著他的右肩：「左手邊那間？」

阿尊搖頭。

「他們都在右手邊那間？」

阿尊搖頭。

「你除了會搖頭還會說什麼？中間那間？」

阿尊搖頭。蒼蠅這時纏上他的小腿，他雙腳不得不互相勾了一下。

「算了，遇到一個啞巴。」另一名警察喊：「走吧！」

「他不是啞巴。」兩名警察離開時聊著：「他叫至尊，他阿爸取的名字。」

「至尊？布袋戲看太多了。」

「你不知，不是布袋戲，是天九牌打到起痟！連兒子都取這名字。」

「天九？」

「至尊寶是最大牌。」

「原來如此。」

兩人哈哈笑著離開。

黃昏前一陣騷動，哨聲、奔跑、斡譙、吆喝、圍捕，這場戲在塭岸的牧草叢和工寮間，若隱若現的演著，高潮是一段喜感十足的跳水，警察們狂力吹響口哨，彷彿為落水的逃跑者加油。

一名警察奔向鴨寮，遠遠就對阿尊大喊：「竹竿給我，要救人，要竹竿。」

阿尊指著架在寮前的兩支大竹竿。

警察雙手抱住這四、五米長的竹竿，返身狂奔。

不久，牧草叢裡傳來警察大喊：

「拉竹竿上來，上來。」

「你游不掉的，會溺死，上來。」

所有的影像都被夜晚的簾幕遮去了，只有聲音長腳緩緩的在牧草叢間穿行，阿尊被嘎嘎鼓譟的鴨群圍住，牠們飢餓難耐，不斷的互相啄食撕咬，甚至啄咬阿尊的腳踝，暗處的牧草叢傳來一陣求饒聲為那齣戲結尾。阿尊進入鴨寮，點亮僅有的那球電燈泡，再進入阿爸的小房間，點亮那球電燈泡，看著層堆起來的十幾包飼料，和三包已開口立著的飼料，不知道怎麼辦。最後，他決定倒那三包立著的飼料，直到畚箕鼓滿，他咬牙抬出來，鴨群早圍緊他，他踢出一圈開口，放下畚箕，合掌抱起飼料，就滿天灑了出去，群鴨瘋狂踩踏搶食。他再彎腰要抱飼料，畚箕上已站滿鴨子，他從鴨子腳底抱起飼料，再灑出去。這時鴨群都擠向他，隨著他灑出的飼料，一波一波的狂奔狠啄。這樣他灑完三包飼料，也不知鴨子飽了沒，就趕鴨子出寮下水，奇的是，鴨子也聽他的話下水了。

鴨寮角落暗地裡橫躺著幾隻趴著的鴨子，他靠近看：有兩隻較瘦弱的鴨子已斷了氣；三腳鴨則躺在角落土窪裡，嘴喙張開，不知是飢餓還是喘氣。還有幾隻腳脛受傷的鴨子，一時只能顛顛跛跛走路。

這時黑暗已徹底統治了田野，魚塭成了地表一窩窩黝暗的黑洞，阿尊拎著那兩隻死鴨，走入牧草叢深處，將死鴨塞入牧草叢結的根部，希望牠們永遠不被人發現，尤其是阿爸，永遠不能讓他知道。

阿爸今晚大概不能回來了。他等到了半夜，進了小房間，上了阿爸的床，睡夢中，鴨群譟動了，他知道鴨子沒吃飽，卻無力起床。掙扎了許久，總算起床，天色微亮，外面群鴨的聲音就要掀翻鴨寮，他匆匆到外頭，阿母正準備飼料，要提早餵鴨子。寮外，阿爸、草伯仔和兩個陌生男人，在塭岸上談著，阿爸成為了圓心，另外三人不斷的向阿爸點頭陪笑。

阿尊心中忐忑，難道他們想要套出是誰洩露行蹤給警察的嗎？他們懷疑是我？

昨天那兩名警察離開後不死心，再回頭來找阿尊。那時阿尊腿上那些膿瘡奇癢無比，他正陶醉在抓裂疤口的快感中。

警察恐嚇他再不老實講，要捉他到警察局。阿尊嚇得不斷搖頭回答警察的問題，當警察指到別莊那間工寮時，他停止了搖頭，微蹲抓了一下後腿，雙眼順著警察的指頭注視了一下別莊，竟不自禁的微頷了頭。

「這是我們的祕密，你是有正義感的孩子，長大可以來當警察。」臨去時警察昂頭看看天空，冷笑說。

我從頭到尾都沒有開口。阿尊不斷在心裡辯解。

草伯仔三人搖著頭離開，阿爸獨自進入鴨寮，步入小房間。下午，草伯仔又來找阿爸，兩人在小房間窸窸窣窣的聊了很久。草伯仔臨去前，生氣的大聲：「你佇遮飼了十幾年的鴨子，我有收你一角錢無？拜託你這件小事，你也做袂到？」

阿爸嘴巴張開，卻沒有聲音，只能低下頭。

「無路用！」草伯仔向群鴨啐了一口，步出鴨寮。

阿爸失神的望著草伯仔的背影，整個下午他都找不回三魂七魄，鴨子們似乎看穿了他的心思，牠們晚餐時，爭搶得特別厲害，幾隻兇狠的壯鴨昂首猛咬周圍的弱鴨，那些弱鴨被逼到角落，只敢搶食一些飼料碎屑。阿爸無心去拿竹竿壓制那些兇鴨，任著鴨群互相啄咬踩踏。

餵完鴨子，阿爸巡了一遍鴨寮，拎起一隻軟趴趴的鴨子，隨手就將牠丟出鴨寮。阿尊要回家前，順道多看一眼。

看來又死了一隻鴨子。

是三腳鴨！牠的身體軟癱成一團，全身僅存幾根亂羽，那第三隻腳滿是血漬，反弓折垂，不知怎麼折斷的，屁股附近皮綻肉裂，血跡斑斑。

阿尊拍了一下牠的身體，牠眼睛眨了一下，緩緩轉頭來看他。

「還活著。」阿尊拿來一把飼料和一小杯水，放到牠前面：「要不要吃一點。」

三腳鴨只有緩緩的垂下頭。

他再進去找了一圈，在放魚粥的桶底，硬是用手指刮出一層黏黏薄膜，把那手指伸進三腳鴨嘴裡，抹了幾十下，三腳鴨頸部動了一下，似乎多了一點生命的跡象，接著又垂頭閉目。

他將三腳鴨藏到寮外暗處角落，免得阿爸撞見隨手將牠拋進附近的水溝裡，會被田間老鼠拖走。

隔早，阿尊一到鴨寮，先到昨晚藏三腳鴨處，卻不見了鴨，附近遍尋不著，只見地上有鼠群拖動的痕跡，難道牠還是躲不掉鼠群拖走的命運？待忙過一陣子，阿爸難得對他開口：

「彼隻三腳鴨你知影無？」

「知。」

「昨暝我看伊袂動，算伊死啊，共伊擲到寮仔外，誰知影透早一看，伊猶會伸頷頸開目睭看我，這是伊的命不該絕，尤其是這款怪胎。以前阮細漢時，庄裡有一隻五蹄的豬，大家攏講是人來投胎的，飼大干焦會當放生，無人敢掠來刣，我現此時想，這隻三腳鴨，無定著是什麼怪物來轉世，我就是無好好照顧伊，最近才會遮爾衰尾。」

阿爸交代把牠帶進飼料間，放在小竹簍裡，要餵牠一點飼料和水，等他補貨回來，再餵牠魚粥。要跨上機車前，又反覆了一遍：「莫怪我會衰潲，就是無照顧好這隻三腳鴨。」

阿尊應諾，進去看三腳鴨，牠掙扎要爬出竹簍，摔倒簍底時，阿尊去扶牠，牠張開嘴喙，猛力啄咬阿尊的指頭。阿尊被鐵鉗子般的蠻力嚇了一跳，原以為牠連合嘴巴的力氣都沒有了呢。

之後的日子，阿爸、草伯仔與幾位男人每天神祕兮兮的聚會，阿爸在眾人眼中，忽然有了地位，每個人看到阿爸都要哈腰問候，阿爸得意到無心看顧鴨子，工作全丟給阿尊。阿尊有了特別照顧三腳鴨的理由，每天多餵牠一點爛魚粥，三腳鴨羽根漸漸豐厚，顯得不再是枯骨一身了。

中元節前夕，這批鴨子全賣了，留了幾隻淘汰下來的病瘦鴨，三腳鴨還是最孱弱的一隻。

阿母傳了牲禮、香和金紙在黃槿樹下擺了一地，說是謝土地。那幾隻鴨子像小孩子一樣，好奇的圍在周圍張望著，獨獨不見三腳鴨。

「三腳鴨呢？」阿爸問。

阿尊指著寮裡暗處。

阿爸對阿母和阿尊說：「遮的攏會當掠來刣，獨獨彼隻三腳鴨袂使動伊，按呢我佇內底才會平安，知影無？」

阿尊點了頭，但是，他覺得阿爸的話意有些奇怪。拿起香跟著拜完，阿爸巡了一遍鴨寮，又叮嚀他說，阿母要顧田裡的稻子和弟弟，鴨寮這一趟路，他要多走幾趟。

「哦！」阿尊點頭。還是覺得站在眼前的阿爸講這些話很奇怪。

隔天，阿爸穿上一雙僵硬的布鞋，套上起褶的西裝褲和襯衫，在庭院前顛顛的走了幾圈，來了一輛計程車，阿爸頭也不回拎著小背包上了車。

到了晚上，阿爸沒有回家。阿母把阿尊和哥哥拉到一旁，恨恨說：

「恁爸仔糊塗，替人擔罪，講是議員、警察和草伯仔協調要出一个人來擔，講是草伯仔有重罪前科，驚法官討厭伊，會判伊重刑，閣講伊年紀大，所以拜託恁爸擔罪，愛入去八個月，個包紅包予咱。厝邊隔壁若問起，就講恁爸仔佇鴨寮，反正，恁爸仔定定佇鴨寮過暝。」

阿尊終於知道是怎麼一回事。他安慰自己，他沒有對警察洩漏什麼。

「鴨寮賭幾隻鴨仔，有阿尊看顧，我就放心矣。」阿母最後說。

鴨寮空空盪盪的，僅剩八隻鴨子，除了三腳鴨、黑白郎君、祕雕、六合外，還有四隻沒有名字的，阿尊早晚餵完牠們，就放牠們自由活動，他躲到小房內聽收音機，或是把阿爸的兩副天九牌骨牌拿出來排排，現在他覺得自己是鴨寮的主人了，八隻鴨子早認得他，除了三腳鴨，其餘的常常跟前跟後的簇擁著他。三腳鴨就一團青花椰那麼大，牠的第三隻腳，依然是另七隻鴨子攻擊啄咬的目標。

那別莊工寮依然有陌生人出現，草伯仔會站到外面抽菸、撒尿，也常走到鴨寮來，遞給阿尊十元鈔票，說是吃紅。

阿尊不願伸出手來，草伯仔會將鈔票塞進他手裡，有一次還笑他「菜店查某假細膩」。

阿尊想過把十元丟還草伯仔，卻總是站著一動也不動。

開學前一天，阿母交代今天掟最大的一隻鴨子回家。

「欲做啥物？」

「刣來吃啊，無鴨仔欲飼來做仙？」

阿尊餵牠們晚餐時，看著八隻鴨子，一時不知道從哪隻下手。看來覷去，八隻鴨子都不夠壯碩，身上的羽翼也才開始堅硬。他用淘汰法，先淘汰掉五隻較瘦小的，剩下三隻，其中有「六合」，也略過，剩下兩隻。

「點啊點幾支，點著下暗掠去刣。」他使出最後的招數，點到那隻歪嘴的鴨子。牠正低頭飽餐，阿尊到外面拿來竹竿，等牠吃飽轉身闊步往魚塭走去，他瞬間就用竹竿壓住牠的脖頸，歪嘴鴨完全沒有掙扎，認命的被扭著脖子帶走。

開學後，阿尊升上五年級，學校的課業加重，阿母要他顧功課，就沒要他到鴨寮。直到冬至前一天，阿母要阿尊到鴨寮抓隻鴨子回家進補。

這天的北風太猖狂，直接穿腸入肚，搖動整個鴨寮的筋骨。阿尊巡了一遍寮內，不見鴨子，便到外面岸地裡看看。

牧草都被強風壓低了身子，遠望那別莊顯得長高了一些。這時別莊的小門打開，幾個男人縮著頭出來，搓著手，大家站在別莊門前抽起菸：草伯仔哈腰向一個男人敬菸，那男人好熟悉的臉孔，草伯仔對這男人不斷點頭，似乎特別殷勤。阿尊一時想不起來這人是誰？那男人昂頭吐了幾口菸，啊！阿尊腦中閃起這人的身分：是那名警察。那天他說最後一句話時，也是昂頭看了看天空。

阿尊擔心那警察看到他，就快步進入寮內。

三腳鴨與祕雕已在寮內等他，祕雕看到他，快步過來啄他的腳掌示好，三腳鴨長成了一隻羽翅豐美的灰褐壯鴨，卻依然膽怯，帶著神經質的機警眼神，躲在角落，彷彿在享受著難得的孤寂。牠的第三隻腳，現在有力的翹起，向天空炫耀著掌蹼上潔淨的皮肉，像是佛陀的手印。

那天，阿尊選擇了祕雕。

阿母說，現在是三腳鴨在顧鴨寮，有了牠，老鼠和蛇不會在寮內生窠做窩。阿母常幾天沒到鴨寮，只放著一包乾飼料，就算飼料沒了，牠也能從泥土裡啄出以前落地的飼料或蚯蚓來吃。

阿尊再沒有去鴨寮，他幾乎遺忘了三腳鴨，遺忘了黃槿樹，遺忘了阿爸，遺忘了草伯仔和那警察，遺忘了產業道路上的車前草，遺忘了礫石。有一天，他下課後回到家裡，阿爸已坐在客廳，三分頭加黝黑的臉孔，這時已是蟬鳴的夏季。

「這个禮拜六，去鴨寮做工課。」阿爸說。

阿尊才又憶起熟悉的鴨寮味道，鴨糞味在鼻翼口蔓延，鴨子的嘎嘎聲在耳畔響起，他搖頭甩不掉，轉身拋不開。週六下午，他回到鴨寮，稻草莖上滿是金黃雛鴨歪歪斜斜的扭動著。

阿爸站在雛鴨群裡，手上握著長竹竿，一臉的兇相。阿尊心驚亂跳，這時一團鬼魅般的黑影飛過雛鴨頭頂，停在角落。

是三腳鴨，牠如鐮刀的嘴喙，猛啄周圍雛鴨的頭顱，將雛鴨啄倒一地，接著牠展開大翅，在雛鴨群裡又飛又衝，將鴨群撞得驚惶失措。

阿爸手握竹竿，卻沒有揮向三腳鴨，只是冷笑著看牠展翅追逐那些雛鴨，搶奪牠們的飼料。

阿尊握緊竹竿，卻久久等不到阿爸要他出手的指令。

當天死亡的雛鴨竟有十幾隻，阿爸沒有怪三腳鴨，只是叫阿尊拿去丟了。之後，那三腳鴨似乎捉到了阿爸的心理，更加的猖狂，牠死命啄咬雛鴨時毫不留情，甚至能咬破雛鴨頭殼，咬得鮮血淋漓；又常在雛鴨頭頂低飛，隨時就落地踐踏雛鴨，用腳蹼上的利爪攻擊雛鴨。

阿爸卻老是在他的小房間裡，不管鴨群的死活了。

阿尊只能無奈的看著三腳鴨成為「黑白郎君」，不斷的肆虐「武林」。

這天，鴨寮外來了一個人，問起他爸爸在哪裡。

「阮阿爸，」阿尊看來人精瘦，三分頭白髮，雙眼瞟來瞟去：「伊昨暝無睏好，拄仔好去歇睏。」

「叫伊出來。」來人很不客氣：「講木哥找伊。」

「毋過，伊頭拄仔倒咧。」

「少年人遐無氣魄，一暗無睏閣按怎，我去叫伊。」來人不等阿尊指路，穿過鴨群，就直接往小房間走去，大喊：「發仔，阿木來找你。」

想不到裡頭的阿爸大聲回應，出現在門口時哈腰笑喊：「木哥，來，坐。」將他迎入房內。

不久，房內傳來天九骨牌的清脆撞擊聲，陌生人喊叫聲：「讚！這副牌讚。」如水晶般的撞擊聲和笑聲不斷響著，這樣過了近一小時，木哥出來告辭，過來拍拍阿尊的肩膀，吆喝一聲：「至尊寶！」

阿爸和木哥兩人像孩子般笑著，步出了鴨寮，木哥對阿爸說：

「和我來做，莫閣看別人的面色。和我去拚一年，較贏你飼十年的鴨仔。」

「不過，眼前遮的鴨仔……」

「顧遮的鴨仔有啥物出脫？你是一个將才、人才，敢講你甘願一生守佇鴨寮，甘願永遠擔人的罪？跔佇遮永遠無出路，目睭金金看別人賺大錢。男兒立志在四方，事若不成誓不還。無聽過嗎？」

「我考慮考慮。」

阿爸回到寮內，沒有看鴨群一眼，就走入小房。

那三腳鴨不知何時又在狠啄雛鴨，阿尊反應過來，握住竹竿作勢趕牠。牠展翅像一隻鷹般飛越鐵網，落到魚塭水面，悠哉的游著。

「牠竟然這麼會飛！」阿尊驚得站在寮口望牠，眼前這三腳鴨已經壯碩得如同一頭獸，眼裡燃著磷火般的光，不時的回頭看一眼，絲毫沒有一絲驚恐的眼神。

「難道牠知道阿爸不敢對牠下手，自以為是這裡的王了嗎？」

阿尊揮動竹竿嚇牠，牠卻悠閒的在水中游著。忽然他警醒：有多久沒翻動鴨群了！趕緊把那昏睡鴨群一一翻開，竟悶死了七隻。他拿著丟到寮外，不對！阿爸看到早上就死這麼多雛鴨，一定大怒。他拎起三隻，快步走向田埂，若無其事的將牠們拋向田溝裡。

「都是三腳鴨害的。」

等到日頭上中天時，阿尊看到三腳鴨在黃槿樹下啄吃飼料，飽食後打起盹。阿尊等牠睡熟，躡腳過去，伸長竹竿，猛的向牠掃去，只覺得竹竿如打在堅硬的石塊上，那三腳鴨輕嘎一聲，翻身跌飛三尺遠，顛跛向塭水衝去。

「不知死活。」阿尊看著牠驚慌逃離，心裡浮起一種暴虐的快感，那些悶氣神奇的消失了，他享受著握竿站在高處的美好滋味。

隔天放學回家，鄰人來對阿尊說：「恁阿爸離家囉，恁阿母佇鴨寮咧顧鴨仔，你家己煮來吃。」

阿爸終於還是離家了。阿尊放下書包，看看日頭才要西斜，就一路直奔鴨寮。寮內阿母背著弟弟，滿臉汗水的提著塑膠桶餵雛鴨晚餐。

阿尊喊了阿母，接手提起桶子，那桶內滿是夾雜著熟米粒的飼料，他抓一把就灑起來，嘴裡不斷念起：「哦巴巴巴哦——」那是阿爸餵雛鴨時低吟的聲音。

「恁爸——」阿母大聲喊：「遐的同監獄的你兄我弟，講伊是天九王，找伊欲去賺大錢。」

雛鴨翹首仰望他，他一灑出飼料，鴨群就低頭啄咬，他緩緩轉圓，向不同方向灑出，讓每一個方向的鴨子都有得吃。

如幽靈般的陰影掠過天空，三腳鴨在一角落地，雛鴨散逃，卻躲不過牠快速的啄咬。

阿尊艱難的提著桶子，只能吆喝趕牠，牠振翅低飛到另一個角落，又繼續啄咬雛鴨。阿母趕過去吆喝趕牠，牠才飛出寮外。

「伊哪會遮爾歹？」阿母看寮外：「伊無飼料通吃？」

「伊是鴨王，每日攏入來蹧躂遮的細隻仔，阿爸毋管伊，會當按怎？」

「咱白白飼伊遮久，就算伊是人類來投胎的，抑袂當怨咱啊。」

「打予死？」

阿母猶豫了很久，才說：「掠著就放生。但是袂使傷著遐的細隻鴨。」

兩人餵好鴨子，將雛鴨全關進鐵網內。天色已昏暗，兩人將飼料倒在黃槿樹下，分角守候，阿尊握竹竿蹲在寮內暗處，阿母握竹竿步到塭岸上的鴨圈邊界附近，不斷喃喃自語：「這次伊袂當怨咱矣⋯⋯」

偏偏那三腳鴨通靈似的不上岸來，只在水邊嘎嘎幾聲，就游到水中央了。兩人候到頸酸了，只好放棄。第二天、第三天都如此，那三腳鴨只和那些雛鴨混一起時，才上岸，沒有獨自上岸邊的機會，母子兩人都怕傷到小鴨，不敢揮竿攻擊。到了第四天黃昏，終於三腳鴨落單上岸，抖抖身上的水漬，伸伸脖子，像帝王般的緩步過來，肩後翹著一隻像蒲扇的腳蹼，緩步靠近黃槿樹下，開始彎頸吞食起飼料。

阿母低身潛到水邊，擋住三腳鴨下水的路線，等牠吞了滿滿一頸的飼料，整個後頸橫面完全露在她眼前時，阿母伏行接近，三腳鴨停止吞食，阿母眼看已被發現，瞬間揮掃竹竿向牠壓去，怎料三腳鴨落單機伶轉身，阿母的竹竿勉強壓住牠靠頭的頸側，三腳鴨奮力縮頭，眼看就要滑出竹竿，阿尊箭步上去，一竿掃向牠背脊，竟掃中牠的第三隻腳，將那截腳掃得僅僅連著一點皮肉，那三腳鴨因疼痛而癱住，阿尊瞬即又一竹竿敲上去，硬梆梆的砸在三腳鴨的頭殼，牠掙脫竿子往塭水方向顛了幾步，彷彿發現自己的額頭已碎，不斷的轉圈要找回完整的頭顱，最終顛倒在地，張開嘴巴似乎想問為何這樣。

阿母湊近，翻了一下牠的頭：「阿彌陀佛。」

這時紅血慢慢的從牠額頭的毛裡滲出來。

阿母摸牠的臉頰，牠的眼珠睜著不動。

兩人一時不知道怎麼辦。

「咱講欲放生，無欲打死伊。」阿尊解釋說竹竿自己生腳跑去打死牠。

「咱拿去大溪擲，予溪水流去大海，重新投胎轉世，來世莫閣做鴨仔。」阿母拎著牠的脖子，邊走邊說著：「你莫怨人，緊去投胎。」

兩人往塭岸深處的牧草叢走去。

阿母走了幾步，回頭對阿尊喊：「唸阿彌陀佛。」

「阿彌陀佛……」阿尊喃喃的唸了幾十次。

到了溪邊，要丟下鴨子前，阿尊看到牠臀部上方搖搖晃晃的第三隻腳，就想順勢折斷那腳，卻怎麼也扭不斷。

「死攏死矣，你咧創啥？」阿母責備他。

「我想講予伊做正常的鴨仔去投胎。」阿尊說：「伊自細漢這隻跤予人啄甲傷慘。」

不到一週，三腳鴨就不復出現在阿尊的記憶裡了，阿尊正在發育成長，他被時間追趕著；被歡樂與困頓、新奇與誘惑追趕著；更被未來追趕著，以致腦袋無暇去容納過往的影像。他無法看見阿母如何與現實的巨獸搏鬥，也無心助阿母一臂之力，阿母的精神與形骸在被擊垮的邊緣，終於將這批鴨子養熟賣出，阿母決定放棄養鴨，專心務農，任憑草伯仔說破了嘴，阿母也不為所動。

搬出鴨寮那天，母子在阿爸的床板下清出一副黑面的天九骨牌，那骨牌還發出誘人的水晶聲音，阿母痛罵一聲，拿到塭岸，砸入水中。

阿爸在他的記憶中日漸稀薄，宛如失去綠色臉面的殘敗葉脈。

幾年後的某一天，家門口停了一部銀灰賓士轎車，阿爸回來了，手上戴著大顆的金戒指，給阿母丟下一疊鈔票，說他在外面喊水會堅凍。阿爸激動到坐不下來，像動物園裡的獅子一樣不斷折返踱步，最後，他沒有留下來，出門走了。

再不久，家裡收到傳票，法院以聚眾賭博罪傳喚阿爸。至尊想，阿爸又去扛人家的案子了嗎？還是這次是他自己的案子？這傳票接二連三的出現，說是要拘提阿爸。後來地檢署又寄來其他案子的傳票，寫阿爸涉嫌恐嚇威脅和重傷害罪。不久，警察都找上門來了，說阿爸涉嫌殺人罪被通緝中。

「愈來愈大尾了。」管區警察淡淡的評論。

這樣又過了幾年，換了幾位管區警察，換來一位年輕小夥子，他來家裡說：

「你阿爸入獄了，叫你阿母去面會。」

阿尊已經忘記有阿爸這個角色了，他帶著阿母去面會，隔著鐵柵，本應該五十出頭的阿爸，已滿頭斑白，老到六十幾歲的檻了，阿爸驚訝的看著阿尊，說阿尊已長大。

「有人……」阿爸神祕兮兮的問阿母：「送安家費去厝內無？」

阿母搖頭：「家己飼家己較實在。」

阿爸臉沉了下來，輕聲的咒罵了幾句：「遐的是我該挈的。我是真愛賭，但是我無刣人。」

阿尊看到阿爸拿起話筒的右手掌尾指整截不見了，剩下一截紅通通肉團。那傷口都還沒有完全結疤，血紅的肉團還在張口出聲，說著阿爸這幾年的生活。

阿尊想起遙遠的那個黃昏，他要丟下三腳鴨前，扭不斷臂部上方搖搖晃晃的第三隻腳，卻撕裂一大片傷口，也是一片血紅。

荒村

一、

這條公路最初無法被描述，因為它僅有礫石的尖牙，海岸山脈還管不住它，管不住那些漫長的茅草和構樹，管不住那些趁雨奔跑而下的巨石與爛泥，管不住公路的軀殼與靈魂。

尤其是颱風季後，天地瀰漫水氣，溪水、草木、蟲蚊、野獸、山脈全都醒過來，它們強大的魂魄，逼得人們喘不過氣想要棄守這裡，那時公路就召來那些野性的力量，幾乎要背離人類了。

分班躲在公路上方，和山巒太親近了，沾染了太多野性。開學了，林老師帶學生拿起鐮刀，割起操場的雜草——說操場太誇大了，它只有比三塊牛皮大一點，不足一個籃球場——他不知道這雜草的名稱，但是雜草帶刃，林老師痛了幾下後才理解，這些雜草充滿惡意，充滿一種小人的氣息，偷偷的咬他，或許還偷偷的將孤獨的籃球架，逼到角落；偷偷的將那落寞的榕樹，逼到籃球架身後；將榕樹身後那兩根刻著校名的泥石柱，逼到石礫路上了。

學生不多不少，就三個。三個？他第一次聽到總務主任這樣說時，是坐在總務主任的機車後座，那時一顆大尖石正將機車彈起，他被拋歪了一下，山路趁機生出力量要拉他下去，他想開口求主任騎慢一點，又忍下來。主任繼續告訴他，他是來給分班送終的，今年最後一屆的畢業生後，這間分班將自我了斷。哦！送終的絕不是我，他提醒主任，一個月或兩個月後，他將收到兵單，開始服預官役。

他帶著三個學生割草時就聽完他們的自我介紹了，兩女一男，三個孩子的家庭，住在離校五十公尺內的地方。

村落已經幾乎被棄守，剩下幾戶有人跡的人家，免不了被野生的藤蔓與構樹團團包圍了，學校的三間教室，似乎是村民僅剩的最後文明堡壘，蒐集了所有的笑聲與喧譁聲。林老師住進最偏的一間教室，裡面堆了一半的風琴與課桌椅，剩下一半的地板上墊了幾塊磚頭，鋪上木板，足夠睡兩人了，他的行李極為簡單，就是幾件衣物，大概能撐到兵單來吧！

床邊角落有幾十本泡水的兒童讀物，這些既瘦弱又單薄的童書都已黏成一團。所幸有一本高大的兒童百科全書，仗著黃硬皮，沒有被擊垮，僅僅封面被水脫了皮，模糊的還有「ㄐ」「ㄑ」「ㄒ」三個注音字，他翻了十幾頁，原來這是以這三個聲符的字詞為首編成的百科全書。他無意間看到「唧筒」這個詞，裡面有一張抽水唧筒的照片，竟然就和外面廁所前面空地的唧筒一模一樣，好像這本書的攝影者就是來這裡拍攝的。他入夜後就在那裡唧水沖澡，在廁所中間的走道換了衣物。

在入夜之前，那名周姓的男學生來找他，學生說他父母要他來問他有缺什麼嗎？

沒有。

有棉被嗎？

有。

有……需要我來這裡睡嗎？以前的老師也會要我來陪他。

多奇怪的問題？不必啦！我會睡得很好。他覺得以前的老師也未免太不甘寂寞，竟然要學生來陪伴。這個小男生，有點尖嘴猴腮，又髒又瘦的感覺。

爸爸說，過幾天他會到鎮上，如果你有缺什麼，他可以幫你買回來。

好。

老師……

什麼事？

沒有。

入夜後他坐在床板上，很快被唧唧蟲鳴、咕咕鳥鳴與遠方獸嚎聲包圍了，他把那本百科全書隨手翻了幾頁，覺得真是一本無聊的書啊！那些辭彙：「機場」、「七個小矮人」、「七夕」、「七巧板」、「極光」、「西樂」、「西方」等等，竟用了一堆文字來說明每一個再簡單不過的名詞。他想到自己的職業，不就是這樣嗎？傳授那些自己熟透的知識，成為別人的兒童百科全書，讓自己淹沒在這個沒有人知道的地方。

竟然才晚上十點——這裡的時間被黑暗吃掉了，他那一隻不太準的手錶，顯得很吃力的爬著。他出門去上廁所，望向校門口附近周同學的家，卻已一片黑暗，抬頭看天空，想推測故鄉的位置，卻只有一抹海岸山脈的稜線，下午聽學生說爬上山稜能看到太平洋，不禁想像現在海上有月光的情景。

在籃球架身後的暗處，忽然嘩嘩的傳來樹葉低語聲。他自認不怕黑暗，遂穿過操場，走近榕樹，被樹根絆了一腳，踩在一團軟物上，低頭看，是燒過的紙張灰燼，周圍盡是不安分而亂拱的樹根，更不安分的是那蟠著恐龍大腿的樹幹和節瘤，這棵老榕守了太多洪荒的記憶。他伸手要去勾樹枝，那樹枝一刻間長高了，他怎麼也勾不著，只能仰頭對上密密麻麻的一團暗影，裡頭彷彿有鳥隻啁啾了幾聲。

這裡已近校門口，隔壁的建築殘存一道牆，上面隱約一具十字架，藤蔓像蛇一樣的勒緊它的脖子。

老師，這間教堂，我爸說他小時候會有二十幾個人來禮拜。學生林秀華下午提過它。

傳道和牧師會來分糖果給大家，以前教堂和學校一樣熱鬧。另一位學生彭春珠補充說。很熱鬧。

周固力搶著說：上帝已經搬走了。

我爸說上帝還在。接著三個人就開始搶話了。

沒有了，沒有人就沒有上帝。

還在。

沒有。

沒有上帝了。

這是有上帝的村落。這是個沒有上帝的村落。林老師任由三個學生們去爭論，趁機喝口開水，喘口氣。

第二晚，林老師改變了作息時間，晚上九點就躺上木板床，卻尷尬的在凌晨三點多醒來，再也睡不著。

他開始遊蕩校園和村落。到了五點多，天色亮了，他在山脈深處，看到一排十字架，明知那是墓區，他還是去看了看。那些方型的墳墓上方豎著十字架，井然有序的排成三大列，少說也有四、五十座，像是規規矩矩的社區。墓區外圍爬滿了藤蔓雜草與野樹，墳墓的臉都朝向村落，彷彿監看著村落。

這個村落，死去的人遠多於活著的人啊！

到他搖上課鈴的時刻，他覺得這一天的長度已經過完了。接下來的白天，是多出來的時間。

孩子們開始對他的背景好奇。年齡？婚姻？女友？故鄉？

臺南在哪裡？周固力問。

那是哪裡？林秀華又問。

就是地圖的這裡。他拿出臺灣地圖解釋。

老師，沒有地圖的話，是在哪裡？老師你可以指給我們方向嗎？臺南在哪一邊？彭春珠問。花蓮市到底在哪一邊？

老師，你知道過了這座山，是哪裡嗎？

他也不確定，他需要一個指南針，再觀察幾天的太陽，加上一些想像力。

孩子不只問眼前所見的世界，也問外面的世界，臺北、日本、中國長得如何？美國如何？北極如何？他有點招架不住，想不到師專五年，學到的知識幾乎全用不到，他已經快失去老師的威嚴了，幸虧教科書裡的知識還能應付自如；幸虧風琴還能發出幾個聲音，四人依循著斷音的琴聲，想像著藝術的美好。至於那幾十本課外書已經被水泡到面目模糊，無法再吸引孩子讀下去了，唯一一本兒童百科全書，就輪流在師生間傳閱著。不只這樣，教室後面僅有的兩顆排球和一顆籃球都會漏氣，打完氣後，僅僅能撐個十分鐘，投籃和打氣，流了一樣多的汗水。

學生對於投偏滾到球架後面榕樹下的球，卻都不願移步去撿，周固力是男生，竟也懶成這樣，真令人失望。籃球沒氣，想不到學生也洩氣了。

大概連割了幾天的草，太累了吧！或者是這裡的學生，就是這麼懶散。

他很快適應了這裡的生活節奏：這裡的夜晚長得沒有盡頭，他必須把簡單的事物翻來覆去的觀看，否則時間就僵硬不動。他在床邊的舊桌椅上翻出新東西：一疊學生的蠟筆畫，每一張八開圖畫紙上都爬滿狂放的蠟色，完全不被物體的輪廓曲線拘束，看來是之前的老師蒐集的學生作品，這是老師的通病，用蜜糖般的分數將那些優秀的美勞作品留下來，美其名是收藏，其實最終是遺忘。他一幅一幅慢慢的欣賞，發現那些色彩爬出了紙張，斗室裡熱鬧起來了。

接著他發現了幾件手工信封，收件欄裡都填了收件人，是學生的筆跡：「月亮阿姨收」、「沈美麗媽媽收」、「山豬先生收」、「老師收」、「小寶弟弟收」……他打開信封，裡面都有一封信，應該是學生的作業，收信者大概是由學生自己決定要寫給誰吧！這些被留著的作業，想必是優秀作品。耶！這封寫給「小寶弟弟」的信，信封上的收信地址寫「天堂」，天堂？他把那封信抽出來看了一下，筆畫工整，應該是個乖女生！信的內容除了對小寶道歉，還一直問小寶有關天堂的事，信末簽名是周安美。

這些都讓夜晚的脈博跳動起來。當然，不能漏掉那本百科全書。

老師，晚上要周固力去陪你嗎？林秀華問了幾次這樣的問題。

老師，你晚上好睡嗎？彭春珠也問過。

老師，你……。周固力那種狡詰的模樣，真的有點令人討厭。

他很乾脆的回答學生，他過得很好，這裡很好，一切都很好。他自認是很能適應孤獨生活的人，為此有點自豪。師專五年，他被迫邊緣，成績、運動、人氣、外貌、才氣，全部邊緣，成為班上可有可無的一個人，連最後的畢業典禮沒去參加也沒人在意，有點悲愴也有點自豪，現在他的孤獨成為一枚勳章。

週五下午，來了一位陌生人，學生們都向他稱呼「李老師」，原來是之前的老師，他在暑假期間調到鎮上服務了，特別回來看看大家，順便到宿舍看看有沒有他遺忘在裡面的東西。

「我平時會騎機車回家，雖然山路很遠，但我還是不習慣睡這裡，大都只有山路坍方時，才會睡這裡，」李老師看看地上簡陋的床板，有些欲言又止：「你什麼都沒有帶來？」

「我再一個月就要入伍了，撐一個月。機車也沒寄來。只帶那個背包來。」他指著床邊的簡易背包。

李老師只好「慷慨的」將毯子與枕頭留給他。接著他看到幾臺風琴蓋都被打開：「那些風琴都壞了。」

「每一臺都少了幾個音，常常是最重要的那個音。」

「最重要的音？哪個音最重要？」

「有時是Mi有時是So，一首曲子該彈到的音，就會覺得特別重要。當然囉！如果有吉他的話，用個移調夾移一下就能伴奏了，可惜我沒帶來。」

「你是音樂組的？」

「不是，我是智能不足的。」

李老師沒有被他這個頑笑話逗開笑臉。

又聊了一些分班將被撤廢的問題和山路易坍方路段有哪些。

他在等李老師問那個尷尬的問題：「你怎麼老遠從臺南到這裡來服務？」

偏偏他沒問。

「這裡，你睡得習慣嗎？」

「好，很好睡。」

「哦！」李老師沒再說話。

兩人繞到校園門口那棵榕樹時，林老師站到樹下陰影裡，輕拍榕樹樹身：「幸虧有這棵榕樹，否則這裡就不像學校了。」

李老師卻一臉嚴肅，待步到路口，要跨上機車時，問：

「你知道那棵榕樹的事吧？」

「哪一棵？」

「校門口那棵，就籃球架旁那棵。叫孩子們別怕，沒事的。」

「哦！是怎麼嗎？」

「你——不知道？」

「那棵榕樹，怎麼回事？」

「呃！沒事沒事。我想還是告訴你吧！怕沒先講，你突然被煞到或是嚇到，那棵榕樹，半年前——」李老師張開右手的拇指與食指，箝緊脖子下方：「是周固力的姊姊，十八歲了。」

「你是說……」

「就是你想的那樣。那截樹幹被鋸掉丟入大溪了。」

「哦！原來，我不在意這些。」林老師輕鬆的笑笑。

「其實不用怕，那女孩很乖，是個好女孩，她絕對不會怎樣的。我們從來沒有見過什麼有的沒的，一切都很平安的。」

「我知道，前輩慢慢騎。」

「我剛剛看到榕樹下有燒紙錢的痕跡，你不用理那些，遲早你要知道的，所以，我才告訴你。」

他感謝李老師特別來看他，尤其他留下毯子和枕頭。

李老師機車發動，突然問：「是說，你怎麼大老遠從臺南到這裡來服務？」

「我——」他還沒有回話，李老師的機車已經走了。

我師專成績很爛。他本想這樣回答。前幾天校長問他，他就這樣回話。

你是對教育有理想，所以才來這裡。校長有點責備的指正說，你該這樣回，我們的學生與家長不會希望學校的老師是人家挑剩的。

我確實是人家挑剩的。這句話他沒有說出口。

他度過了五年憒瀸的師專生活，覺得許多優秀的同學被耽誤了青春。一些操著鄉音的教授們，照本宣科的念著三、四十年前的老教材，成為催眠的符咒，將他們送入夢鄉……舜遷都於負夏，子產又是誰？四川的礦產新疆的煤馮玉祥發動北京政變，許多太遙遠的知識令他困惑。教授似乎對眼前所見不屑一顧，所以不教，或者他們也沒有這樣的知識：為何有紅樓？為何叫古都？為何東門有一座城門？為何同學有「燒」、「買」這樣奇怪的姓？女同學在想什麼？男生與女生又如何？人該如何思考？未來該如何？所有他的疑問都沒有被解答。最令他無法接受的是某一位上課常遲到的公民教授，考試前勾選五題申論題，答題時必須將課本內容含標點符號全數寫出，依漏掉的字與標點來扣分，說是最公平的考試。

他心裡反抗了五年，畢業時興奮到沒見到成績是倒數的現實，洋洋灑灑的填滿二十一個分發志願，最終以第二十個志願分發到這個縣市。嗯！這也好，他心裡暗自高興，終於能離開父母，不用再聽母親的嘮叨與父親的粗話。

選填學校那天，他買了一張本縣大地圖到縣政府禮堂參與選填作業，到了現場，才看到自己排名六十名，是倒數第三名。他拿著大地圖，研究了半天，哪裡也不熟，只好收起地圖，看著人家輪流上臺在開缺的學校後面填上姓名。

有一位女老師，在兩所學校間，猶豫良久，引來主持人的催促，最終她在其中一所學校後面填上姓名，唉聲嘆氣的惱著走下臺來。下臺後，女老師對她身旁的女伴大聲抱怨。

唉！我為何老是和這群優秀又斤斤計較的人當對手？我終於能擺脫和她們比成績比排名的宿命了。他站起來走動，隨口問一位站在後頭的中年男人：「請問，倒數第三名，該填哪個志願？」

「倒數……沒想過，你倒數啊？」

他尷尬的點頭。

「倒數……都很遠，你哪裡人？」

「我臺南。」

那人吐了一口長氣，好像要下多麼艱鉅的決心，才說：「花蓮南北差一百多公里，臺南就要往南挑學校，是說……就那所奇美國小吧！這學校有三個缺，應該是最後三名。要上去有段石子路，現在車子有通，看來是最偏了，其他的隨便填都比這個近一點。」

於是他就合了地圖，準備上臺就填奇美國小後面的格子。

剩下最後四個人，人群幾乎散光了。縣府的作業人員忽然停了下來，集合四人，說明剩下兩個地方可以選擇，其中奇美國小有三個缺，另一個就是卡谷分班的缺。接著轉向他：

「只要你想去分班，就分發完畢了。你有想填分班嗎？他們三個人是同校畢業生。」

他還沒有會意過來。待看到另外三人坐在一起，殷切的望著他，才明白眼下自己是最孤單的人了。

他將自己的名字填在卡谷分班後面。散會後，才問作業人員，分班在哪裡？我在地圖上怎麼沒看到。

「這地圖……」那人翻找了一下地圖，指著沿海岸山脈的南北向公路：「這地圖沒有放這分班的位置。但是有本校，你看這裡，本校到了，再沿著這條公路往南，就會找到分班。應該在這一帶，村落快沒人了。你要先到本校報到，這個暑假有兩個颱風，免不了坍方的。」

到分班的公路果然有幾段坍方，但是它的坍土堆得不高，人們勉強能從坍土上路過，這坍土形成壁壘，阻絕了外地的人氣，將分班一帶陷入更幽深的境地。

這晚，入夜後村裡的人家早熄了燈，他覺得人們都消失了，那千百萬隻蟲忽然都爬到他的耳畔嘶鳴，用力要撕裂他的耳膜，他連翻那本兒童百科全書的力氣都無了，只得早早就上床睡覺。寤寐間，頭頂上的幾十面玻璃窗上，有無數眼睛瞪著他。

他起身來，打開燈。快速的望了兩邊幾十面的窗玻璃——這間本是教室，兩邊的短牆上方全是玻璃——上面只有日光燈的白色燈影，他只好又翻了幾頁百科全書。

他感覺到了，玻璃窗外，有眼睛狠狠的瞪著他的背脊。女人，一雙深邃的女人眼睛。她的眼瞳裡燒著烈火，當他轉身去面對那團烈火時，那光影瞬即跳到背脊後的另一邊玻璃。他只好將眼前百科全書的內容念出聲來——七言律詩，是唐代及以後流行的一種詩歌體裁……七情，佛教以喜怒憂懼愛憎欲為七情……西天，佛教名詞，佛教認為極樂世界在西方，所以常以西天為佛地……妳該到西天極樂世界，妳不該留在這裡，妳要離開，離開。我不認識妳，妳不該來找我。

他勉強躺下床來，一閉上眼，那窗玻璃上的瞳孔又亮了起來。他決心不理，混混沌沌間，窗玻璃上響起扣扣的聲響。別吵，我是這裡的老師，妳不是李老師的學生嗎？妳是乖學生，別吵老師。又響起扣扣聲響。一股無名火讓他陡生勇氣，他跳起身，打開門，走到走廊上，要與那幽魅對決。走廊上空無一物，除了慘白月光，連一陣清風也沒有啊！只有操場盡頭的那棵榕樹，眨著無數隻眼，是葉子！盯著他。

他坐到床板上，又開始將百科全書念出聲來，他集中意念在文字上，一刻也不離開那些文字，讓文字帶領他，緊緊依附著，只要他一失神，那鬼魅就出現在眼前，他只好又專注在文字上，文字產生一股神奇的力量包圍著他，一種安定而溫暖的氣息，守護他，將他帶領到淨土……他被雞啼喚醒，凌晨一點多，窗玻璃上的瞳孔又出現了，他再一輪的誦念百科全書。直到他隱約聽到遠方有人聲，他知道，破曉了，村民上田工作了，這一刻他緊繃的心鬆了下來，才沉沉睡去。

連三夜，他被那心中的鬼魅困住，只有白天才能喘口氣。第四天時，他腦袋混沌，臉頰浮腫，一顆臼齒劇痛，幾乎無法進食。

老師你怎麼了？上課時林秀華問。

沒事。他答。

等到兩位女生都出去時，周固力開口：老師，我爸要我問，有需要我晚上來陪你嗎？李老師以前也都是叫我來陪他。

不用，他心裡想著。嘴巴卻說：好。

二、

周固力晚餐回報老師的狀況，說老師睡得很不好，半夜時，牙痛到要把木板床折斷了，根本無法入睡。

周爸爸思忖這牙痛也太痛苦了，隔天，他跑到學校等老師下課，直接請老師上野狼機車，載老師到鎮上看了牙醫，拿了止痛藥。

之後，周固力回報說老師越來越好睡了。他沒有說起在老師那裡看到有姊姊簽名的蠟筆畫，題目是「我的家人」。姊姊的畫裡有四個人站在平房前，每個人都微微笑著。奇怪的是，畫裡的小女孩（應該是姊姊）抱著小嬰兒，小嬰兒的五官很清楚——那應該不是他，他是那個被媽媽牽著的小男生。

還說有一本奇妙的百科全書，老師每天翻到哪裡，就教他那一頁的內容。

「爸，你知道什麼是極光嗎？我們可以去北極看極光嗎？」

「爸，什麼是極樂世界？人死後會到極樂世界嗎？」

「爸，我國中畢業就要到鎮上念國中了，對不對？我們要不要搬去鎮上？」

孩子的問題很多，周爸爸卻沒有一個能解答的，連這個攸關家裡未來的問題，他也不知道答案。

意外太過意外，周爸爸一時不知如何是好，他總覺得無力再拿起榔頭，這些力氣活，除了燃燒力量，最重要的是咬牙苦撐的勁頭，現在他的魂魄失去了一大半，如何能苦撐下去。雖然他的板模師傅對他深具信心，要他離開卡谷，一起到遠方的工地打拚，他卻無力離開了。

何況這裡僅剩下四戶人家，剩下來的每一戶變得日益龐大，背離而去的感覺想必更加嚴重，大概是比例的問題吧！四戶遷走一戶，減去四分之一，接著會是三分之一，然後會減去一半——但是，他覺得四年前，妻子的離開，已經減去他生命的核心了。

那一天，妻子備好行囊，說她娘家已經為她找好工作，她要外出去工作，她不想再守著這個偏村了，這裡是她的傷心地，她總是想起小寶，而他，這個家的主人，常年在外頭的工地逍遙，該換他好好的守一次家了。他原以為妻子放不下兩個孩子——那時安美到鎮上讀國中了，固力準備要讀國小——不用幾天，妻子就會後悔回來了。想不到，妻子這一次給他一拳重擊；妻子違背基督徒的承諾，要求他簽字離婚，他勉強簽了字；

不久傳出她再婚的消息，再一次給他重拳；之後是妻子產子，這拳將他擊倒了。

之前妻子常常抱怨說，她受不了這裡的生活，除了雞啼狗吠，連個人聲也沒有；除了不斷勞動，還要應付愛發脾氣的山脈；尤其大雨後的坍方，就讓她想起小寶；她無法像他一樣，將自己的青春泡在米酒裡。她要到外面去闖一闖。

「那誰守這裡？」他不高興的回她。那時他長年外出當小工，隨著工地到處遷居，外頭出賣勞力的日子，免不了跑跑酒家、喝喝小酒，也和一位陪酒女人有了一段曖昧的感情，慢慢的對家的感覺淡了，以為對家的責任不過就是拿錢回家。這樣過了兩、三年，任由妻子怎麼吵，他只是敷衍一番。直到妻子回了娘家，他還是酒照喝，妞照泡。

待妻子決裂了他才清醒過來，開始注意到兩個孩子，原來安美已經十五歲，固力也有六歲了。他幾乎不知道怎麼和兩個孩子聊天，孩子們對他說最多的話是：

「以前媽媽不會這樣……」

「以前媽媽會教我們這樣……」

「以前媽媽會……」

「別再提媽媽了。」有一次他大怒：「那個賤貨已經在外面和別人生小孩子了，她不再是你們的媽媽。」

之後，兩個孩子常用驚懼的眼神看他，他們似乎變得萎縮了。他很後悔說了那些氣話。安美高中住到學校宿舍後，他只與她簡單聊過一次，安美說一間房內擠了八個學生，她很不習慣，課業跟不上，英文不會念，市區的女同學很兇。直到她輟學回家，他最初還會好聲好氣的與她說話，後來受不了她始終一臉冷淡，問話不答，氣得罵了她幾次。兩人的話就更少了。

「妳到底想要怎樣？快去讀畢業，出去工作賺錢。」他罵了幾次。

安美雙眼低垂，沒有答話。

「外面工地也可以當女工，妳要不要去？」

安美就像根木頭，不張口。甚至連著兩天不出房來吃飯。

他偷偷的用三字經幹譙了幾番。

若是妻子還在，準能讓安美開口的。她們曾經聊到三更半夜，都是那些雞毛蒜皮的小事。沒有酒和小菜來配，竟然能聊那麼久。

傳道回到村子來探望，看到安美的情形，就開導說，《聖經》裡頭有一位掃羅王，生下來就為憂鬱所苦，在他還沒當國王前，曾經為了找一頭驢子而焦躁不安。即使當上了國王，還是煩憂不已，曾經請大衛為他彈琴，他才稍稍舒服了一些。後來，大衛娶了他的女兒，和他一起打勝仗，他還派人追殺大衛。大衛曾經兩次可以殺他卻放過他。掃羅王知道了，承認自己的錯誤，卻不肯和大衛和解。最後他打了敗仗，自殺身亡。

傳道說，這種沒有自信的人，就算身為國王，也是不快樂的人。他輕聲柔氣的勸安美，要相信神的恩典，相信自己是按照神的形象所創造的，是完美的人，不要老是覺得自己是無用的人。

安美沒有回話。

「妳忘了主？主賜給我們耶穌，藉著他在十字架為我們流血，洗淨我們的罪了。妳可以回到主的懷抱，妳不是罪人。」

只是安美還是沒有展開笑容，她越來越困在冰冷的世界中，被自己的憂鬱凍住了。

女人真難了解。那時周爸爸常常這樣想：有什麼心裡話不說，要他這個當爸爸的去猜，他卻永遠猜不到她們在想什麼。

安美葬後的某一週日，家門口出現一個滿頭大汗的女生。女生怯怯的自我介紹說是安美的高中同學。

「妳……怎麼來的？」他很驚訝。

「騎腳踏車。」

「有一段坍方的路，修好了嗎？妳怎麼過來的？」他去倒了茶水。

「還在修，我請修路工人幫我扛腳踏車，讓我過來。」她站在簷下，沒有進門。

「騎多久？」

「一個半小時。我差點就放棄了。」

「哦！」

「我們教官說的，」女生啞啞的：「我們許多同學都哭了，安美是我最好的朋友，我……。」

「哦！」他不知道該怎麼和這個高中女生說話。

「都是安美在照顧我，我剛讀一年級時，都是她在幫助我，有一次我腸胃炎，又拉又吐，都是她幫我清理那些吐在地上的髒東西，她那晚整夜沒有睡，隔天一大早，她跑去報告教官，送我到醫院，還自願留下來陪我打點滴。如果沒有她，我不知道怎麼辦。不只這樣，她平常最喜歡講笑話逗我們開心，我們都喜歡和她在一起。」

「這……」他懷疑這女生說的真是安美嗎？

「我們都很羨慕她，人長得美又高，心地又好，功課也不差，體育又那麼好，又會照顧人。我來，是想說，她是我見過心地最好的人，我是來感謝她，還有你們的。」

那天，他想了很多。安美休學回家後，他沒有注意過女兒的變化，以為女兒只是不適應宿舍生活或課業壓力過大，休息一段時間就好了；他沒有注意到女兒幾乎沒有食慾，瘦得眼窩深凹。她多久沒好好睡了？她重複說著一些奇怪的想法，說媽媽離家是她的錯；還提起國小時害全班同學被老師處罰的往事；她為許多小錯不斷自責，說自己是一個無用的人，她丟掉了所有的洋娃娃與那些小說，她認為世上沒有一件事是有趣的。

他無法理解一個年紀輕輕的女孩，怎麼會有這麼沉重的感覺。他以為父親的責任只是養活他們，卻沒有和他們好好聊過心裡的感覺。他沒有真的原諒安美的「無用」，那心結潛藏在他心裡深處。

他清楚那件事他從來沒有原諒過安美。

在安美六歲多時，家裡多了新生兒，取名「加勇」。他與妻子很疼惜這個小男生，每天「小寶」、「小寶」的抱著喊著，連睡覺都捨不得離開視線。

這孩子還僅僅能翻身，就會發出「爸」的聲音，逗得他特別高興。

那年夏天，颱風將對外的山路糟蹋成滿山爛泥。他被坍方攔在家裡，每天抱著小嬰兒玩。那天，他與妻子上山工作，好像是為了玉米田的雜事。家裡獨留安美顧小嬰兒，妻子已經將奶粉泡好，交代安美，小嬰兒醒來哭鬧時，就扶起嬰兒餵他喝奶，這事安美早就會做了。他們在山上工作時，天空忽然烏雲密布，他與妻子被暴雨打回家，全身濕透，他先換衣物，妻子去臥室看小孩，只見安美與嬰兒兩人都熟睡了。妻子沒有開燈吵醒兩人，先去換掉濕衣物，再順手洗了衣服。待回來開燈，要抱嬰兒餵奶，才發現嬰兒全身發黑昏迷了。

他騎上機車，載著緊抱嬰兒的妻子要到鎮上看醫生，卻被山路上的爛泥落石擋住了，只能冒險背著嬰兒爬過爛泥，跑到下一個部落，求人們載他們到鎮上醫生館那裡。待敲開醫生館大門，已經過了四、五個小時。醫生宣告嬰兒已經死了，還在嬰兒的身上找到蛇咬的傷口。

事後，他痛罵安美。儘管安美哭著說她睡著了，她沒有看到蛇之類的話。

妻子倒是沒有責備安美，只是不斷的安慰她。

「為何那蛇咬的不是妳。」他惡毒的丟了這句話。

「她才六歲。」妻子拉開他。

他在心裡從沒有真的原諒安美。安美的眼神也就越來越躲著他了。

三、

周安美醒來後，床上竟然只有她一個人。她一陣慌亂，趕緊下床，喊聲尋找媽媽與弟弟。客廳、廚房、浴室與廁所都沒人；院埕與院後都沒有人。

我不可以睡太熟。有很長的時間，她會從睡夢中驚醒，那條蛇——她從沒有見過的那條蛇——常常驚醒她，她顫抖的握緊木棒，尋找那條蛇，抖動棉被或毯子，翻動枕頭，拿手電筒照床下。新弟弟出生後，她更加相信那條毒蛇還會出現，只要牠出現，她要不斷的揮擊牠的頭。

午睡時媽媽躺在她身旁，喃喃低語著生活中的趣事，說颱風後河岸邊有撿不完的柚子和芭樂；說有一隻小猴子偷喝鄰居釀的酒後打起醉拳；說有一隻老鷹抓小雞被小雞父母打到斷翅……媽媽不斷的低語著，產生了神奇的催眠力量，將她的警戒淹沒。

媽媽不見了，弟弟固力也不見了。她總是睡得太熟，那條蛇騙過她，媽媽也騙了她。媽媽能從熟睡中瞬間起床，輕手輕腳背起弟弟，騙過她熟睡中的耳朵。

她邊喊邊找，出了家門，才看到地上濕漉漉全是水光，原來剛剛又下了一場雨。到了路上，沒有人影。她望向山裡，滿山遍野的樹影披上陰濛濛的面紗，無法看清人跡。

教堂也一片空盪盪，耶穌依然在十字架上。

媽媽一定背著固力弟弟趁她熟睡時離開了。媽媽總是這樣，上一次媽媽回娘家，也是這樣。

她站在校門口的榕樹下等，這裡可以眺向通往花蓮溪的小徑，也可以遠望山脈裡的的小路。校門前的礫石路，連著幾天午後陣雨，雜草抽長起來，路的面目模糊了；校門旁的短牆被苔蘚折磨得更老了。有一隻不知是誰家的雞，沿路啄了過來，時不時就抬頭望她。

「有看到我媽媽嗎？」

沒有回話。這裡雞的聲音比人的聲音多多了。幸虧還有學校，三個學生就能吵翻一村子，班上那些男生每天玩騎馬打仗，嘶喊到喉嚨沙啞，只有寫作文時才會靜悄悄。期末作文時老師要大家寫一封信，要寫給有話想要對他說的人——不一定是人，樹啦山啦或是月亮太陽都可以，那些男生就全部趴在桌上抓腦袋了。她寫給小寶，向小寶道歉，也關心四年來小寶在天堂過得如何？那裡的樂園長得如何？有吃不完的水果嗎？有沒有看到神？對了，她在信封上的收信地址寫「天堂」。

過了這個暑假，最好的朋友陳美麗搬走了，班上剩下她一名女生加四個男生，學校不知道還有沒有二十人。所有的人都走了，連媽媽也偷偷離開這裡回到外婆家，若不是爸爸去帶回來，媽媽也許不再回來。

為了孩子，我才回來的。你的承諾，都是騙我的。這裡的生活，我已經無法忍受。她偷聽到媽媽這樣對爸爸說。因此每次媽媽要上山，她就黏著媽媽，寧願在山上曬太陽鋤草或者淋雨找竹筍，也要跟著媽媽。媽媽卻不肯帶她到山裡工作，而是要她留在家，把功課做好，餵雞煮飯菜。

天色越來越沉，所有景物的輪廓都長了毛邊，蚊蚋開始一團一團的聚集在她頭頂不遠處。

她在猶豫要不要回家煮飯？忽然，山坡茅草深處，媽媽出現了，她喊了一聲媽，向媽媽奔過去，媽媽背著沉重的弟弟，手上挽著一袋東西，用力踩著像男人的步伐走下山路來了。

她來不及反應，右眼一陣刺痛，一隻蚊子跑進眼裡了。她彎腰忍痛，用手去揉眼睛，卻更加刺痛，只好蹲著等媽媽下來。

「怎麼蹲在路上，安美，我醒來看到下雨，想說雨後筍子特別好吃，就去山上找野筍，差一點就滑倒，山路很滑。」媽媽過來拍拍她的肩頭。

她心裡升起一把無名火，沒有開口說話。

媽媽靠近她：「怎麼了？我還摘過貓要當菜，我們菜園的龍鬚菜都吃完了，沒有菜了。」媽媽扶她：「妳怎麼了？眼睛跑進蚊子齁，氣死了，我的眼睛也跑進了一隻蚊子，到處都是蚊子。」

安美還是緊閉著雙眼。

「來，我看看，妳站起來，我蹲不下去了，妳弟弟太重了。來，眼睛不要用力，放輕鬆，我用衣角把蚊子黏出來。」

媽媽牽起她，她聞到媽媽身上的汗味，還有衣服長久吸汗洗不掉的淡淡霉味。媽媽緩緩打開她的右眼。

這時她聽到撲撲引擎聲在路口那方靠近，她知道是爸爸的野狼機車。機車熄火了。爸爸的聲音響起：「怎麼了？」

「眼睛跑進蚊子了。」媽媽朝爸爸的方向大喊。

「哦！看媽媽能不能把蚊子抓出來，如果不能，就換我這個獵人來抓牠。」爸爸笑著靠近安美，身上的汗味更重。

她也聞到固力弟弟身上的奶臭味，弟弟還不時發著「爸爸爸爸」的聲音。

「好了，出來了，先不要打開眼睛。」媽媽摟著她，在她的眼皮上吹了吹，她的眼皮一陣酥麻：「我們的小公主連蚊子都要欺侮她。」

媽媽緊緊摟住她，爸爸也安慰她：「閉眼休息一下就好了。」

她感覺這是最溫暖的時刻。媽媽和爸爸的手掌繞著她轉；風繞著她轉；山巒繞著她轉；氣味繞著她轉；世界繞著她轉。

她多麼希望時間停下來。

擔馬草水

那時還是一年一科，彷彿上了幾天課，炮聲又把我炸醒了，我又可以請假去擔馬草水——我可是從來不請假的，就算頭殼發燒冒煙，金條滿天，也不會請假。緣於我沒有讀過幼稚園，父母幾近文盲，學前的歲月從沒有被文明綑綁過，我是被國小的圍牆拘捕後，才接觸到閩南語之外的神祕奧語，陷入陌生的羅網中，沉默成為我的保護盔甲。老師又是閻羅王，藏在背後的藤條殺氣千條，要我掰開上下嘴唇，吐出聲音向老師請假，令我緊張顫抖。不過，擔馬草水這事例外，這是對福佑大帝的承諾，我若沒請假，阿母一定跳進學校，用喊叫聲撕開整條走廊，用高八度的閩南語問老師，說我兒子斷腿後已能走跳，難道不是福佑大帝靈驗庇佑？能不去還願嗎？

想到阿母將為同學們量產一個月分的笑話，我寧願走進老師辦公室。

陳滿福自告奮勇陪我去找老師，他是排長，常常收作業簿交到辦公室給老師，熟悉辦公室的通關密語。他大聲喊「報告」，我聽成「抱抱」，那氣勢，驚得我汗珠滿地。

「老師……我要……。」

老師瞪著我：「大聲一點。」

「老師，他要去擔馬草水。」聲音從陳滿福的喉嚨爬出來。

「喔！」老師點頭，算是批准了。

離開辦公室前，我偷偷的窺伺這片神祕的疆域，只覺得這裡充滿陌生的路徑。

不久，傳來馬路消息：林玉英也請假了，她要扮藝閣裡的仙女。

就那麼巧，我們兩人都要參加扛大轎的香陣。王添財說，可惜他沒有摔斷腿，他媽媽沒有到廟裡許願。洪來義說，他讀高一的哥哥向學校請假了，明天要扛半天的大轎，是福佑二帝大轎。

「我是福佑大帝的契子。」陳滿福苦著臉：「我也好想要去扛大轎。」

「我要鑽轎腳，每一年我都鑽轎腳。」王添財想起這件事又挺直腰桿。

「我也是。」馬上有五、六個聲音回應。

「我明天是跟著福佑大帝。」我一出聲，大家都閉嘴了：「一般只有摔斷手腳還不行，要接骨師來接壞了，再被醫生，要宣布你要殘廢了，要這時向福佑大帝要許願，要這時就一定要擔馬草水，要來還願。」我說得坑坑疤疤，同學們卻都很清楚。

但是，陳滿福的經歷也幾乎可以去擔馬草水了，只差他阿母沒有去許願，他無法還願，他強調：「我也昏迷了兩天，還手術才醒過來。而且，那時我有夢到福佑大帝。」

「夢到？你吹牛。」

「真的，不然你們問李信本啊！」

我怎麼知道他有沒有夢到大帝？不管了，朋友有難，拔刀相助：「而且他每一年也有鑽轎腳啊！」

果然大家都無話可說了。

「迷信。」有女生輕聲說。

「什麼迷信？」有男生抗議：「大廟的主委是我們家長會長，我爸爸說有事情去找他，他比校長還要兇，連校長也要聽他的話。」

「對，很兇，」有人附和：「他有槍，ㄅㄧㄤㄅㄧㄤ！」

農曆四月七日，太陽被廟裡的鑼鼓聲提早敲醒，我獨自擔著馬草水到廟東金爐前方。那時廟裡香火熾熾發出的煙氣密碼已經上達天庭，各庄角、交陪境、分香廟的神轎從各地晃晃盪盪來廟東大街集結，夾上鑼鼓隊、頭旗、涼傘、神馬、藝閣、大仙尪仔、高蹺隊、八家將各式陣頭等，把地平線捲起一、兩米高，將整條廟東大街擠成一條肥腸，眼看就要撐開來了；把兩側的樓房擠得歪腰扭腹；將我的扁擔擠得斜向空中，兩擔籮筐斜了，馬草水快要倒出筐外。

說是縣長、立委、議員、鄉長和主委這些大人物還在拜拜，要再等等。

忽然大鑼響起，鞭炮炸開，「起駕囉！」廟裡有麥克風聲音大喊：「福佑二帝起駕囉！」路旁許多信徒都跪了下來，眼前一片炮火煙霧，鑼鼓聲撞得我站不住腳，神轎、陣頭全部晃盪起顛，依序往廟前大街而去。我肩上的扁擔，終於能橫放肩上，輪到福佑大帝所屬香陣要起身時，我的斗笠已被太陽烤到冒煙，大帝轎前大鑼震空響起，四周樓房的窗玻璃趕緊嗡嗡和鳴，我們擔馬草水隊伍起身往前，踩著燒炙冒煙的炮屑，後面緊跟著十丈橫長的頭旗，再來是舉執事牌的牌班、轎前鑼鼓、王馬，最後才是大帝的神轎。

我在煙霧中循著前方的鑼鼓聲前進，鞭炮一直偷灼我露出短褲的小腿，有幾次我回頭，看到福佑大帝黑色的神尊，祂定定的看著我，用神力保護著我，我大膽踩著燒灼的炮屑前進。

出了庄外，沿路只剩青翠的稻田和蔗田擠在路旁陪我們對抗烈陽，鑼鼓不響了，整個香陣萎下來。

「這裡走到古營還要一個多小時咧！」旁邊擔馬草水的婦人臉龐如敷了一層薄碳，有六十來歲了吧？眉端的魚尾紋窩裡滿是汗水：「我兒子車禍，被福佑大帝救了回來，我來還願。」

我點頭。

「那你，許的是什麼願？」

「我斷腿……」我們中間卡進來一位男人，扁擔一橫，把我們兩人隔開了。

「我兒子，在醫院住了一個月，我一直求福佑大帝，有一天，我夢到祂指示，往南方去，就會好。我就把兒子轉到南方的醫院，兒子真的好了。」婦人的聲音跳過男人傳給我：「早上要到古營庄頭，要迎媽祖和太子爺一起來遶境。」

看我沒有答話，她又補充：「第一天遶外庄，第二天庄內。」

「大帝真靈，保庇我們賺大錢，吃百二。」來了一位背脊被折彎的瘦乾阿嬤，手上拿著香旗，看來是隨轎的香客。

我在想像如何才能扳直阿嬤的脊骨，又被兩個婦人隔開了。她們也在談福佑大帝的神威顯赫，其中一位說她是為了在外島服兵役的兒子來擔馬草水；另一位說，她兒子開工廠賺很多錢，她來還願擔馬草水。

香陣終於休息了，我巴巴望向前方，想要找到林玉英的蹤跡，她扮演的一定是古裝仙女，但是藝閣與遠方的地平線糾纏不清，我就算有火眼金睛也望不清了。

總之，我沒有找到林玉英那豐腴的臉面，香陣拖得太長，藝閣與地平線永遠在天邊。

頭轎福佑二帝的神轎在天邊，媽祖、太子爺、池王爺、溫王爺、關聖帝君、觀世音菩薩、玄天上帝都在天邊，大帝神轎在這邊，中間起伏著一百多座神轎、繡旗和圓傘織成的山巒，山巒移動著，山巒下的繽紛陣頭也移動著，鑼鼓聲移動著，鞭炮聲移動著。

我戴著斗笠扛不住太陽，遠方藝閣裡的仙女、武將、書生都悄悄撐起洋傘來，近處的八家將們也拿起扇來遮臉。

我要燒起來了。

各庄頭的地主廟接香，儀式不少，乩童大操法器見血則誠，他們接了上百頂神轎，鮮血要流出來幾十趟。現在福佑大帝駕臨，乩童更是奮力大操五寶法器，要嘛劈七星劍，要嘛砍鯊魚劍，劈銅棍或甩刺球，不濺血不足以表達敬意。我們擔馬草水的就趁機到樹蔭下或是廟簷下躲日頭，如果找到免費涼水，就趕快喝他幾口，等到福佑大帝頭旗往外一動，我們又快步跟上神轎。

我忘了走過幾個庄頭，只知道把太陽給趕下了，回到庄內已是初晚，我又餓又渴，雙肩痠痛。經過大埔堀時，路旁聚滿了人群，卻沒有看到陳滿福，他昨天答應我說今天下課後，要來接我的馬草水，偏偏就沒看到人影。

說起他也夠格接半天的馬草水，我會斷腿就因為他。

若不是他發現大溪堤防外的雜木林有一大片網子纏了幾隻鴿子；

若不是他假好心，硬要把網住的鴿子放走；

若不是剛好被人發現，那人拿棍棒追趕我們；

若不是鬼月，一堆鬼在抓交替；

若不是他口吐白沫，摔下六、七丈的橋下而昏迷；

若不是為了拉他；

若不是鬼們蒙瞎阿爸的眼睛，把我送到那間密醫接骨師的診所；

若不是……

三個月後，大醫院的骨科醫師手上拿著X光片，嚴厲的瞪著我阿爸阿母，用力宣布我的左大腿骨頭根本沒接準，要手術打鋼釘，等十年後再手術取下鋼釘。阿母把我搬進回程的計程車，哭著說好好的一個人骨頭裡釘了鋼釘怎麼走路？阿爸說就變跛腳了啊！

阿母求了福佑大帝，大帝允她三個聖筊；

阿爸真的找到一位祖傳接骨師。

陳滿福的媽媽在醫院照顧他，沒空去大廟許願，

若不是這樣，他也能擔這馬草水的。

大帝神轎到了國小前等入廟時，陳滿福才出現，滿臉汗水，笑嘻嘻：

「找不到你，轎子太多了。我剛算了一下，今天只有六個乩童。」

「有沒有水，渴死了。」

「等我。」他跑開了，拿回來一罐津津蘆筍汁。

「讓我來。」他接過扁擔：「不重啊！」

那一位駝背的阿嬤在旁邊，瞇著一雙糊糊的眼：「大帝真靈驗，保庇我們吃百二，

賺大錢。」

「是啊！」我灌完蘆筍汁，才又對陳滿福說：「擔久了還是會疫痛，而且，明天還有一天。」

「對了，我有看到林玉英，她扮一名黑臉武將，坐在車閣上。她的陣頭在很前面，早就入廟了，明天她一定會再出來。」

竟然讓他看到林玉英，我感覺像有東西失竊了一樣。我不太好意思的問：「武將？」或許是我的聲音太小聲了，陳滿福繼續：「你知道這馬草水嗎？我阿母說是神明的天兵天將要騎神馬，這就是給神馬食用的。」

馬草水就放置在他挑著的扁擔兩端下的竹筐裡，筐內的線香早已燒盡剩下一小截香柱，那把番藷葉，也已乾枯萎縮，另一個筐內有鋁盆，裡頭的清水已乾涸見底。難道神馬已經來食用過了？夜色瞬間撲上四周，一股檀香味道從福佑大帝的神轎處飄來，如一層層可觸的薄膜將我包圍。我頭顱湧出一股溫暖的力量——這是，這就是了，福佑大帝的神力在灌頂。

陳滿福突然往前癱倒，仆倒在竹籮筐上，我蹲下扶他時，他雙眼無神，全身僵硬，不斷發出咕嚕咕嚕的聲音，嘴角流出泡沫。

「你是起乩了嗎？」我一下子不知怎麼辦？只能大喊：「你怎麼了？」

「哦……」他的魂魄被神祕的力量帶走了，腦袋顫晃，不斷的低聲嘶鳴。

「喂！」我大喊他，他好像在另一個世界。

這時附近的人群都圍過來，一位阿伯蹲下來猛拍陳滿福的肩膀，大喊「退駕」。眼看無效，他翻動陳滿福腰身，再大喊一次：「退駕！不退駕大帝會生氣。退駕！」

陳滿福眼裡的魂魄總算回來了，他大口喘息，看到我們蹲著圍住他，似乎感到很驚訝，一副不知道自己剛剛發生什麼的表情。

他一直搖手，示意大家別再圍著他。

「你剛剛怎麼了？」等周圍的人群散了，我才問他。我心裡閃過一個念頭：誰叫你要去找林玉英的？這是懲罰。

「我不知道怎麼了，聞到香火味，忽然就迷迷糊糊了。」

「到底什麼神來降乩？你又不是童乩。」

陳滿福搖頭，表示自己莫名其妙。我們來到大埔堀旁的馬路，約好明天下午在水堀畔的老地方見面。

老地方就是老地方。

大埔堀在臨馬路邊有幾棵老榕，老榕似乎被大埔堀的龐大嚇傻了，永遠不敢長大，只能變老，連證明自己變老的鬍鬚也長得可有可無。其中，最靠近學校這邊的第一棵榕樹就是我們的老地方。

我們喜歡在這老地方眺望這片水域，探索這裡的神祕與未知。

大埔堀的傳說為神祕增添翅膀：福佑大帝曾在此練五營兵馬；清末女婢投水後抓交替；日治末期美軍投彈在此炸死五位小學生。最新的傳說是年初時，水上有五、六隻鵝鴨，一夕之間全被撕咬，據傳是有人偷偷放生了食人魚。即使如此，膽大的老榕依然在水中孤島上盤著壯碩的筋骨，上面的枝葉足夠遮去整個小島，流浪的鴿子與白鷺鷥就在其中歇息，牠們飛起時，總為這大片綠色的水域增添幾筆寫意氣息，頗能吸引遠來刈香的信徒駐足。

大埔堀北倚一座不甘不願穿著破損衣物的公園，再過去是廟前店鋪，盡頭才是福佑宮，這邊是福佑宮伸出來的右手，大家都叫這「虎邊」；福佑宮坐北朝南，廟前大道直奔南方，左手邊除了幾家商家外，就全是菜市場，還有一條「細姨街」，大家說是「龍邊」。

不管龍邊虎邊，我阿爸總是說，這邊的人受到福佑大帝保庇多，家裡的鈔票能砸幾隻老鼠的。

大埔堀旁的大道兩邊，已亮起二、三十攤夜市攤販的大燈了。

我們停下腳步，往大埔堀裡張望：

「有出來嗎？」

「鑼鼓聲太吵了，鴿子全不見了。」

我才不是關心鴿子：「我是說食人魚。今天有人看到嗎？」

「哦！食人魚嘛，今天牠們躲在水底沒出來。」

大埔堀岸上立有禁止釣魚的標誌，卻常有人躲在離馬路最遠的西南角落，在那幾棵南洋杉樹蔭下偷釣魚，從來也沒見過有人來管。我們常繞一圈大埔堀，先遠看孤島上的鴿子，再繞到西南角南洋杉樹幹後，看看有沒有人釣到食人魚。

釣食人魚很刺激，在於想像牠躲在水裡偷偷窺看我們；在於想像牠被釣起會張開獠牙攻擊我們。如果牠是躺在被抽乾水的泥巴裡掙扎，那牠就只是一尾快死的爛魚，根本就不像隻食人魚了。

大帝神轎入了廟，已是燈火通明。我和陳滿福要離開時，又遇到那位駝背的阿嬤，她很高興，湊近我們要看個清楚，還用手要摸我們的臉：「大帝真靈驗，保庇你吃百二。」

我們都笑了，說這是個吃百二的阿嬤。

陳滿福隔天找到我時，香陣已經在市場四周的巷口打了幾個死結：有的是八家將和宋江陣打了結；有的是公揹婆陣纏上十二婆姐陣；還有那大神尪仔晃到千里眼前；最尷尬的是電子花車上的女人露毛正面對到轉出巷口的神轎。

衝到轎前跪地要鑽轎腳的人群太多了，不少神轎得抬高緩行，陣頭只得路上納涼等神轎前進。福佑大帝神轎前跪地的人龍比舞龍還要長，即使督陣將人群分成幾截，抬轎班也得撐轎撐到手臂發抖。我們馬草水隊是屬於大帝的前導香陣，要停下來等大帝神轎，就只能走走停停。下午大帝「起童」三個乩童，其中一名熟童跳上轎後橫木，砍那把米長的鯊魚劍，另外兩名操起法器就橫衝直撞，我隨時準備要閃開他們的刺球和鯊魚劍。

陳滿福興奮說有一頂王爺轎的乩童背肉竟然插入鐵製的五鋒旗。

這是少見的操法，可惜我跟著大帝的神轎，無法去看其他神轎的乩童是怎麼個操法。

陪我走了兩、三個路口，陳滿福評論說福佑大帝的三個乩童都太老熟了，操法器會節力，不像前面一些私壇的神明，乩童都猛力大砍。

「大帝的神力不需要童乩見血來證明。」我解釋。

進入細姨巷前，前方跪了三、四十公尺長的人龍，我們和後面的舉牌班都站到馬路兩旁，轎班們吆喝一聲，抬高手臂，硬是將大帝神轎撐在伸高的手掌上。

「我去鑽轎腳。」陳滿福喊。

「不要鬧啦，你不是在家門前有鑽過了嗎？這麼多人，轎班會撐不住。」

他沒聽完我的話，早跑向那條伏地人龍的後段，要跪下去時卻被一位督陣拉起，他硬要跪下，那督陣猛力拉起他，他趁督陣轉身拉別人時又仆倒在地，這時，有幾人也趁隙衝向前面人龍，硬是擠入隊伍趴地跪下，於是那幾處人們的頭顱擠上前人的背臀，成為人龍中拱起的龍脊，督陣拿令旗要將這段隆起的脊壓下，卻怎麼也壓不下，偏偏龍尾又有十幾人擠上跪下了。

「不行！」督陣大喊，龍尾的人卻密密實實趴地了。

兩名滿頭是血的乩童，一拿鯊魚劍、一拿七星劍，步在大帝神轎前面，以劍身輕壓跪地信徒的頭頂，被轎班撐高的大帝神轎，正緩緩的通過趴跪人龍的頭頂，神轎通過後，跪趴的人站起身來，個個露出得意興奮的神情。人龍實在太長了，轎班們手臂晃抖，神轎也左搖右晃，督陣吆喝罵著龍尾的人們，卻也無法叫起任何一人，眼看那些抬轎轎班撐直的手臂顫抖不已，卻不能放下，個個齜牙咧嘴，滿臉汗水，硬是撐住神轎。忽然，神轎一角斜下來近尺，嘶喊聲起，神轎馬上又被撐起。

等過了龍尾，轎班將神轎放回到肩膀，開始破口大罵，說人排這麼長，誰受得了？陳滿福抱著頭，彎身路旁。

等到我靠近喊他，他抬起緊蹙的眉頭，對我抱怨：

「我被轎子敲到頭了。」他指著頭顱一角：「這裡。」

「剛剛轎子晃了一下，原來有敲到人。很痛嗎？」

「幹！廢話。」

他很少這樣爆粗話，一定是太痛了。

他不斷的搓揉著頭，終於蹲下身，雙手緊握頭顱，無法動彈。

我一時也不知道怎麼辦，只能靜靜的陪著他。眼看大帝神轎和後面的隨香客都被細姨巷吸入了，我再不走會跟不上大帝神轎，只好說：「還是……你休息一下，我要跟上大帝神轎。」

「……」他抱著頭不發一語。

細姨巷真窄，只勉強容下轎身，這裡住的都是鄉內有錢人家，前方滿地的鞭炮與兩側樓房外壁垂下的鞭炮已全部燒炸，空中滿是亂竄的炮竹，炮煙遮住前方的世界。

我壓緊斗笠，躲在大帝神轎左旁，焦灼的炮竹還是不斷咬我的手腳，煙霧中，我偷瞄到所有轎班、牌班和後面的香客全都縮頸低頭躲避炮火。

整個細姨巷兩側的樓房要炸上空中了，我也要被炸上空中了。

我的肩後被尖物抵到，轉頭一看，左肩後抵著一名乩童，他滿臉鮮血，雙頰插著兩根鐵針，不斷左右搖頭，全身顫動，發出叱叱的聲響，他手上的七星劍就擱在我扁擔上，我想要挪動扁擔往前閃開，才看到三尺前堵著一名持鯊魚劍的乩童，那劍尖封住我往前的路，這乩童背脊上滿是鋸齒狀的傷口，上面鮮血伸手伸腳爬著。

不要爬到我身上來

不要揮動鯊魚劍大帝求您不要操乩童的鯊魚劍七星劍

求您不要讓乩童鮮血噴到我的身上求您不要讓乩童瞪視我我是您的信徒我來還願我來跪拜大帝大帝不要生氣大帝大帝弟子李信本

前方煙霧中，滿臉焦黑的大帝雙眸凸出瞪視著我。

求大帝放過弟子弟子沒有不敬

之後，我忘了很多細節：兩位乩童如何走開的？神轎如何踏過炮火的？我如何跟上神轎的？我只知道被轎班推著往前，那兩名乩童有了空隙，開始往背肩操起法器。那把幾乎比我還高的鯊魚劍劈砍肩頭發出撞擊聲，那鞭炮聲那麼大我怎麼會聽得如此清楚？我想往外擠，寧可讓兩側亂飛的鞭炮炸我，但是人群推回我。那些兩側騎樓裡拿香的信徒都很興奮，他們拚命往乩童圍過來，擠在一米外的距離圍觀，乩童的法器越砍越用力，鮮紅的血珠越滾越密，人群越擠越多，像一塊麻糬般黏緊我，把我往前帶去，我那放馬草水的竹筐早被擠翻了。人群變成一堵牆，往爆裂噴飛的爆竹裡走，完全不理疼痛。

我們走出細姨巷時已是晚上，到了大馬路，卻被圍成幾圈的人群擋住了動線，人群圈裡騷動著，傳來淩亂的鈴鐺聲，我太矮了，加上夜色又暗，看不清發生什麼事，我猜測是八家將團正起乩操法器，圍觀的人群久久不散，那裡頭不斷傳來了木棍與鐵器敲打聲與幹罵聲，令人不解。

大帝的轎班、牌班不耐煩的叫囂，督陣向人群內擠去，但是人群緊箍成一道鋼板般的牆，督陣左衝右突，勉強向裡頭擠去。

我隱約看到陳滿福的側身臉影，閃現在人群內圈。或許是我太疲倦而眼花了，我已走了超過十小時，快撐不下去了，雙肩與小腿現在發痠無力，對啊！擔馬草水的人怎麼全都不見了，他們都到哪裡去了？我好不容易在後頭的香客裡，找到一位擔馬草水的大嬸。

「阿姨，他們呢？」

「什麼？」

「擔馬草水的人啊！」

「毋知。」大嬸搖頭。

「要等多久才能入廟？」

「你們小孩子不用等那麼晚。」

我迷迷糊糊的站著閉眼休息，等到鑼鼓聲再響，跟上香陣走了兩、三個路口，只見路旁人家的庭院內開始宴客了——這是庄內的習俗，這日會宴請親朋好友——馬路上的人群變少。我太餓了，又口渴，再也沒見到擔馬草水的隊伍，不知道自己可以開溜了嗎？終於在學校前路口，大帝神轎新轎班來換班，新起乩的兩名乩童也到了轎前。督陣這時大喊：

「現在入廟才輪到第十號，要兩個小時後，才輪到大帝神轎入廟，入廟時大帝的神轎要犁個十分鐘，大家要有心理準備。」

新接手的年輕轎班都喊沒問題。

「乩童先不要太操，入廟前要大操，到時庄民都看我們。」

「陣頭都入廟了，本廟的牌班要和大帝神轎一起入廟。牌班現在很累，大家要找機會休息一下，入廟時要排兩邊擋人群，讓大帝神轎犁轎入廟。」

督陣沒有提到擔馬草水的人，顯然，我們和廟內自己的牌班不同，我們被視為一般的陣頭嗎？這樣我可以開溜了？我忍到了大埔堀附近，決定離開。這時突然響起嗚伊嗚的救護車聲音，駛來一部救護車，神轎與人群不得不讓開一部分路面，讓救護車通過。

「陣頭又出事了嗎？」

「不是都先入廟了？」
「誰知道？也許是有人請客喝酒出事？」
耳語傳來傳去：
……
「有人溺死在大埔堀裡了。」
「是小孩。」
「小孩。」

我不確定是那個神祕的閃現，還是他抱頭蹲地的那一幕，是我見到陳滿福的最後一面。我們總在追問與死者相處的最後一刻，設想若是如何如何，就能擋住黑白無常的拘提，彷彿這樣的追索真能減輕內心的愧疚，實則冥冥中的定數不是輕如螻蟻的我們所能撼動絲毫的。事後的猜測、傳言不斷添加羽翼，形成了一則則故事，也許都不是事實。唯一可以確定的是：那晚被撈上岸的陳滿福，肚腹還沒有腫脹，仍維持他乾癟的身材。

根據檢察官（那時我們的年紀還不知道檢察官可以一錘定音）的說法，陳滿福不是他殺死亡（警察們大概都鬆了一口氣），那麼是自殺的囉？也不是。那是怎麼死的？只能是意外落水死亡這個選項。怎麼個意外？無解，只傳說他落水前頭顱有先撞到岸壁的石頭，因此頭顱留下一條裂傷與瘀青。反正陳滿福還只是小孩子，不是大人物，他如何落水死亡？似乎不是那麼重要。

甚至也沒有人來問我最後與他分開時的情形，他講了什麼話？做了什麼事？想什麼？如同我們看柯南卡通那樣，有一個沉思的警探，不斷的追問。沒有！沒有人追問。若他們問我陳滿福怎麼了？我會說他那天下午鑽轎腳時撞到頭這件事是死亡程式的按鈕。

他抱著頭蹙眉蹲在路旁的情景，已定格在我的腦海中。在喧騰的鞭炮與鑼鼓聲中，他的痛苦顯得微不足道，或許他又走到大埔堀，因為頭暈、頭痛或嘔吐而落水。但是令我疑惑的是，那晚人群在大埔堀附近走動，怎麼會沒有人及時看到他落水？

他為何走回大埔堀？是等我嗎？因為入廟前，香陣必經大埔堀，若是他想要找到我，在大埔堀附近等候，會是最好的地點。也可能他要看入廟前乩童大操法器，大埔堀那裡的幾排石凳，會是熱點。

之後大廟主委換了一位響叮噹的人物，就是——不說也罷，把扛大轎遶境越炒越大，連著幾科，都有陣頭互毆，也發生了幾起命案。或許幾萬人中死了一人，大家見怪不怪了。當然免不了多了一些傳言，其中扯到我擔馬草水那年細姨巷口的騷動，說是兩團八家將互毆，說那兩團八家將幾乎打裂所有的法器和刑具——就是戒棍、鐵條之類的——圍觀的民眾太多，他們死不肯輸陣，民眾有不少人被波及，事後陳外科就縫針縫到手軟，還有送到大醫院急診的，有一名八家將成員腦震盪住了幾天醫院，警察為了這案子，還傳喚了督陣和不少在現場圍觀的庄民，這件事卻被陳滿福死亡的大波瀾淹沒了。

我記得那場鬥毆中，人群鼓動時喧騰的聲音與踮起腳尖引首的翹望。我看到陳滿福的側臉在人群的縫隙中浮現過，他站在鬥毆人群的最內圈看熱鬧，裡頭不斷傳來幹譙聲和木棍敲擊聲，難道他頭顱的瘀傷是被八家將的鐵條或是戒板敲到的嗎？

若是這樣，從出事地點抄捷徑到大埔堀只兩、三百公尺，他或許並不知道自己頭部已經受傷了，甚至流血了——這一天至少有四、五十名乩童頭顱或背肩見血，他們「退童」後也會在路上行走，大家對於流著血穿梭來去的人見怪不怪，在那樣的熱鬧氛圍中，人們心裡鍍上興奮、狂熱、神聖與認同的薄膜，失去對危機的感受能力，儘管他只是個孩子，人們也沒有多關注他一眼，多問他幾句話。

後來每科扛大轎遶境的日子，我心裡除了對這節慶的興奮與認同外，總是沒來由的浮起一股血腥的恐懼：也許是因鬥毆事件層出不窮；或者是看到大廟的新主委用他沾有血腥的手扶著大帝的神轎；或是見到鑽轎腳的人龍，會沒來由的擔心轎底的橫木將敲到其中一人的頭顱。我知道這些想像對於福佑大帝是一種褻瀆，我在意識層面壓抑這種不敬的想像，卻無法逃避潛意識裡的恐懼。

我在成長期間，一直反覆著一個惡夢：基調就是被幾名上半身血淋淋的乩童追逐，在鯊魚劍或七星劍的劍尖處躲藏，儘管這夢的變形多樣，夢中的我總不斷逃跑、躲藏，終被乩童堵到，面對那神祕的血身。

我在服兵役時，歲末寒夜，和我站哨的菜鳥新兵突然倒地抽搐，口吐白沫，我嚇壞了，不知道如何處理，趕緊通報安全士官，等到安官來時，新兵已清醒。事後那新兵告訴我，他有癲癇症，發作時只要讓他保暖休息一下，注意別咬到硬物，呼吸道順暢就好，如果在水邊，注意別讓他溺水——原來這是癲癇，讓我想起陳滿福也曾如那名新兵一樣發作過，除了扛大轎那次，摔下橋那次也是如此。我一直以為他有靈異體質，起乩或是中邪了。

事發那晚，陳滿福若在大埔堀岸邊因癲癇發作落水會怎麼樣呢？那時間是入廟前熱鬧的時候，人群與神轎把廟前大道塞爆了，乩童、陣頭、煙火、鞭炮全都發爐起乩，抓住了人們的眼睛，灌滿了人們的耳朵，將所有的人催眠至著魔的狀態——陳滿福落水的那些聲響，很難傳入人們的耳朵。

對了，小六那年我再去擔馬草水時，遇到了駝背阿嬤，我頗費了一番口舌，解釋我與陳滿福在去年擔馬草水時認識她，她似乎無法回憶起什麼，最後，我只得強迫她收到陳滿福已回蘇州賣鴨蛋的訊息，她遲疑了很久，才說若不是福佑大帝庇佑，陳滿福哪能活到這種年紀？是大帝擋住黑白無常讓他多活了幾年的，「大帝真靈驗」依然是她的經典臺詞。

最近長年在外經商的大哥因病返鄉休養，前幾天我陪他到溪旁的堤防散步，兩人不免感嘆這條連結記憶的水域已失去往日風華，也憶起我童稚時，他帶我抓過蟋蟀、釣過青蛙，網過溪裡魚鯽的往事。

堤岸上，我們架過大網，網了幾隻鴿子回家吃。大哥說。

我記得是外面網賽鴿的人幹的事。我說。

是我們，大哥說，我等入伍那年，帶著你，還有你那同學，叫什麼福的，一起來架網子的。就是扛大轎遶境死在大埔堀那個。

陳滿福。

對，就是他，大哥說，沒有你們的幫忙，我也無法把網子綁上竹竿，為了把那幾枝竹竿架起來，我們挖了幾天，才挖出幾個大洞來埋竹竿。這事我怎麼會記錯？我入伍後，你們還常來巡看有沒有網到鴿子。就是這樣你才出事摔斷腿，陳滿福也因此摔傷住院，對吧？

也許吧！就算網子是我們架的，但我還是得說，我哥服役後，我們把網上的鴿子解下來，大都放飛了。

偶爾，免不了的，帶回家玩死了一兩隻。

◎本文獲第十五屆林榮三文學獎短篇小說獎首獎

林榮三文學獎評審意見

遮蔽的內心

陳芳明

這是非常鄉土的小說，在二十一世紀的今天，讀來充滿了鄉愁。當年在幼童時期，總是遇到家鄉的廟會活動。他們兒伴也定期相約去參加「擔馬草水」的儀式。福佑大帝的大轎由男童去扶抬，女童則去藝閣扮仙女。那是生命裡揮之不去的記憶。小說焦點集中在廟會時的幼年朋友陳滿福，充滿了感傷與虧欠。

在擁擠不堪的人群中，扛轎者必須來回衝撞，才能開出一條通路入廟。那年，小說中主角與陳滿福再次參加擔馬草水的儀式。記憶中，他與陳滿福都在隊伍裡緩緩前進，在起伏移動的神轎隊伍裡，感染了民間信仰的生命力。那種怪力亂神，似乎不能以任何理性來解釋。因為那樣的參與，反而會帶來神蹟。

跟著大帝神轎走，有的是為了許願，有的是為了還願。對於幼童來說，可能是湊熱鬧，可能是逃學。這篇小說的重大轉折是，敘述者的兒伴陳滿福在大轎巡行之際，竟落水溺斃。這個事件成為他終生的悔憾，那是他最後一次參與擔馬草水的儀式，也是他念茲在茲的歉疚。永恆的傷害，讓時間一直停留凝固在那裡。

整篇小說的重大轉折，出現在陳滿福被轎子撞到，抱頭彎身在路旁。不久之後，傳來一個小孩溺死在大埔堀的消息。陳滿福之死，成為他終生無法釋懷的事件。直到服役時，才見證站哨士兵倒地抽搐，原來是癲癇發作。這個事件立刻拉回童年的溺水事件，他才驚覺陳滿福也患有癲癇症。兩個事件聯繫起來，才讓自己童年的困惑與內疚找到出口。這篇小說，結構非常完整。如此小篇幅，卻帶出許多被隱藏被遮蔽的內心情結。

六月

這位瓜農已經多次來學校，黝黑的臉躲在斗笠裡，很有耐心在走廊裡等著，丁老師下課探身出走廊，就被他的眼神逮住了。

不外乎怨訴學生們如何用石頭將他的西瓜砸得稀爛；如何誘他追得精疲力竭時，從他背後丟來小石頭；如何半夜一群人衝進他的西瓜田任意踩踏：「你們的學生被我捉到，我一定修理。」

彷彿這些頑劣的學生是課桌椅一樣，敲敲打打的「修理」一番就會好了。

「我會再去巡巡看，抓幾個回來修理，」丁老師呼應他：「如果是國中生，我就沒辦法了，我們這裡是國小。」

「國中那麼遠，在對岸，我也沒去過啊！」

「我要是抓到國中生，會打電話給他們的訓導主任，我認識，訓導主任會修理他們。這樣可以了，我要上課了。」丁老師意思要送客，但是，瓜農還是杵在那裡，秤著丁老師這番承諾的重量。

張老師說這瓜農姓古，種西瓜為生，村裡的人不知何時喊他「苦瓜」，有點嘲笑他常常緊張皺眉的樣子。幾年前他開始咬定學生破壞他的瓜田，到處告狀，尤其到了五、六月瓜熟蒂肥的時候，他就火燒上身，跳來跳去，村裡人都懶得理他，認為在溪床種西瓜的有十來戶，卻沒人抱怨西瓜田被破壞，唯獨他的西瓜長腳會跑，大家不免懷疑他的說法——就算有這回事，大概也是國小五、六年級小鬼惹的事。學校自知脫不了干係，主任在學生朝會時宣導，再派訓育組長下課後，到瓜田附近去晃了一下，有一點讓大家良心過得去的意思。

丁老師兼任訓育組長——這種麻雀學校的教師兼職如西瓜子一樣多——把這事當成大事，對苦瓜投注太多關愛的眼神，之前還請他坐下奉茶，讓苦瓜的靈魂有了重量，之後一到學校就直接找丁老師，他曾指著辦公桌上的紙製姓名牌說：「我認得你這個丁字，你的身材和你這姓一樣。這個丁字，太好認了。」

丁老師聽了心裡嘀咕：總比你姓古的好，下半身網子撒得那麼大，卻什麼都沒逮到。

主任早就不以為然，他告訴丁老師，別太理會這個神經，這人以為自己的西瓜是西施：

「如果你的影子遮到他的西瓜，他會把你的影子綁到派出所的。」

現在丁老師的影子正遮到苦瓜的西瓜，這六月的太陽將溪床沙礫地上的西瓜都催烤得欲裂欲爆，一路滾滾亮亮到天邊。

腳下的沙礫地，有股力量拉下丁老師，他隱隱能體會，那種隨手偷摘西瓜的慾望。

苦瓜笑開了嘴歡迎他，指著眼前的瓜田，說他日夜在這裡看顧，現在每一顆已經都超過二十斤，再十來天，他就要開始大採收了。

丁老師看那些大西瓜，肥皮上的細網紋路正緩緩撐大，免不了誇獎幾句：「你種的西瓜，真的特別大。」

「當然，」苦瓜蹲下來拍拍他腳下的一顆大西瓜，得意的說：「我留下來的西瓜，都是每一株最好的一顆，我只留最好的那一顆。」

丁老師彷彿聽到西瓜群傳來密實的拍胸脯聲音。

苦瓜繼續說：

「我今年多種了幾甲地，希望能一次把我向農會借的錢都還清。你眼前看到的這些管線、抽水馬達、整地工錢、肥料、農藥還有搬運車，都是我向農會借來的錢。」

「喔！」丁老師想起人們傳言苦瓜撈不少西瓜財，卻都給妻子捲走了。

苦瓜指著百公尺外一座看來不到五尺高的簡易草寮：「我晚上要不斷禱告才能入睡，沒人受得了。幾年前開始搭草寮在瓜田過夜，我習慣了，小偷也比較不敢來。」

「你是教友嗎？我每次經過教會都聽到你們在唱歌，很好聽。」

「我很少去。」苦瓜有些害羞的笑了：「我的歌聲上帝聽了會搖頭，而且，我也怕上帝看到我。」

「怕上帝啊！那你禱告時，上帝不就看到你了？」

「晚上很暗，上帝看不到。」

「喔！」

「有罪。」苦瓜含糊的說。

「什麼？」

「有罪啦！」苦瓜放低聲音，害羞的笑了。

丁老師見到了苦瓜的萎縮與脆弱，趁機下結語：「我看小學生要跑到這裡來太遠了，而且你也住這裡，要說他們來偷西瓜太勉強。」他準備要抽身離開了，偏偏又心軟多出一句話：「你種的西瓜，比別人就是多了什麼，我也說不上來，就是比別人的好。」

「當然，」苦瓜抬起頭來，笑了：「我今年母瓜藤心的轉心做得很好，很多人種西瓜都不注意轉心，但這其實很重要，這種事不能嫌累；他們也不會調整氮、磷、鉀肥的比例，不知道腦袋在做什麼，跑來問我也教不會，尤其是鉀肥……」

「我要走了，有空我再來。」

「要走了？」苦瓜激動的拍丁老師肩膀：「這……要不要一起禱告一下？」

「禱告？不用了，你今年一定大豐收。」丁老師最後送他這句話。

幾天後，天空拍起了密實的胸脯，轟轟的打起亂雷，半夜裡，丁老師被潛入窗內的雨水搔醒，起身把窗戶關緊，但是雨水仍然找到窗縫爬下來，在地板上拼起圖騰，他被濕熱泡得無法入眠——那是學校還沒有冷氣的年代——隔天雨勢更狂更野，升旗免了，球隊停止練習，早上就多出了兩堂課，他把學生留在教室上那永遠趕不完的數學，學生們的鬥志經過幾題應用題的摧殘後，開始流露出求饒的眼神，丁老師氣憤這種眼神裡的懦弱，他虛張聲勢的拿籐條拍打黑板，只恨黑板沒有發出哀鳴聲來威嚇學生。

下課鐘響，丁老師喊了下課，學生們才勉強收拾好自己的魂魄，夢遊般的站起身來。

「比練排球還累。」有學生感嘆。

丁老師從學生遲緩的動作就知道自己失敗了，他閉目坐回椅子上，遲遲沒有離開教室。

「老師，」一個輕巧的聲音喚他回神：「黑板要擦嗎？」

他抬頭，眼前的尤秋露那雙帶水的眼神，注視著他，他心裡沒來由的慌亂了：「喔！妳說擦黑板……擦掉吧！」

到了下午，雨水傾盡天河般的倒下，不僅把走廊泡在水裡，也把整棟教室的魂魄都流走了，學生們五官都一片水糊，不！丁老師覺得是自己被催眠了，他一再鼓起力氣，賣力趕課。

只有當下課鐘響後，尤秋露來問：「老師，要擦黑板嗎？」他從那瑩瑩的眼神裡，才看到一點亮光。

如此連下了幾場無日無夜的暴雨，那雨水拖住時間的腳踝，將時間改成緩慢的華爾滋步伐；降伏六月的暴烈，多出來一個軟爛的月分；雨水抹去白天與黑夜的輪廓；浸濕山脈與天空的界線；改變溪流與陸地的記憶；不僅如此，雨水還沖昏山路的意志，讓那條村裡對外的唯一山路，不再堅持剛硬的骨幹，成為了一條爛軟的沒有格調的泥巴路。

這一天班上有兩名學生缺席——余正義和尤秋露，都是住在下坎的學生。其他的學生們都說下坎往學校的山路大崩坍，照往例下坎的學生都不來上學。

丁老師上完第一節課，沒有人來問要擦黑板，第二節上課，他指著未擦的黑板大發雷霆。

「服務股長不在，就沒人管了嗎？」

等到黑板被擦乾淨，他的氣還是沒消，少了那眼神的亮光和柔聲的問話，來點燃他的力氣。

他去翻找尤秋露和余正義的資料，卻沒有留下電話，問學生，都說下坎還沒有通電話，還有人說，那裡是隨時要被拋棄的小部落。又問誰去過下坎，竟然沒有人舉手。

「所以，下坎算是這裡最偏僻的地方嗎？」

同學點頭，開始為這個神祕的小部落加油添醋：

「大人都不准我們進去那裡。」

「為什麼？」

「不知道。」

「說那裡，不好。」

「怎麼不好？」

「不知道，大人就說不好。」

這事得問張老師，他是本地人。每一戶人家的歷史都能說上一節課。丁老師還沒有開口，先被酒精味拍了一掌。關於下坎，張老師搖頭：「那裡歸公賣局管，除了工作，就是酒醉。有幾位在工作時也常是酒醉的，做粗工也不長久，乾脆在家天天醉。」

「哦！」丁老師想為勞工講句好話：「粗工太勞累了，像這種六月天，做板模或是搬運工，中午根本無法吃下飯，不喝酒配個保力達B無法補足能量。」

「喝酒可以，要節制，都酒精中毒了，生下來的孩子腦袋秀斗，我們怎麼教？我好說歹說，他們就是聽不下。」

說得丁老師有點佩服他了，難得在酒精中還保有一顆清醒的頭腦，難怪能自誇是村裡近十年來最聰明的師範生。連校長也不得不敬他七分，公開說他是「菁英分子」。

接著連兩天尤秋露和余正義都缺席，丁老師為他們放慢了趕課的速度——尤其是數學課，他深怕某個章節的小卡榫沒有卡住，整個單元的架構就散落一地，學生從此再無法建起整套體系——心中卻更急了。第二天下午雨稍停，難得露出幾道陽光，丁老師一下班，就趕往下坎。

果然通往下坎的山路被雨水、落石和爛泥羞辱得自暴自棄，失去了一條馬路的形狀與尊嚴。丁老師的野狼機車催緊油門，在爛泥團蛇行，徒勞的掙扎，只好把機車停在路旁。一再猶豫是否該回頭，終究決定往前。脫鞋，走了近公里的爛泥路，總算看到通往下坎的岔路，那是一段陡降的水泥路，爛泥和碎石理所當然的盤踞路面，接著進入雜樹叢間，先聞到燒火煮飯的焦炭與米香味，再聽到鳥鳴啾啾，然後看到了簡單的木造與竹造房子。

幾道炊煙繞著聚落不捨離去，散發著淡淡的焦味，空氣中花草樹木的清香沁人心肺，一聲雞啼，令他沒來由的想到陶淵明的桃花源：

> 有良田、美池、桑、竹之屬，阡陌交通，雞犬相聞。

再往下走，有些陰暗，十幾戶人家，三三兩兩在樹叢內躲著，僅僅探出窄窄的簷角或屋脊來，丁老師一接近住家，突然覺得嗆鼻——是米酒味。

他找到尤秋露家，平凡的兩開間房，木板壁上還長了兩株十幾寸的小榕苗。尤秋露從邊間探身出來，一看到是老師，愣了一下，才低語著：「老師！」

「妳正在煮菜嗎？」他站在客廳的門外，瞥了一眼客廳內部，除了幾張明星海報外，只有灰斑四壁。

尤秋露點頭。

「那，妳還是去煮菜吧！妳爸媽呢？」

「他們沒在家。」

「他們出去工作？」

「沒有，在後面鄰居家。」

「那……我去找他們？」

她一臉尷尬。

「他們在做什麼？」

「喝酒。」

「那……」他猶豫要不要去找他們，忽然瞥見簷下的牆角站滿一長列的米酒空瓶，難怪這裡的空氣都有酒味：「你和余正義沒來上課，我來看一看，明天如果能過那段坍方，就來上課吧！快畢業考了，課業很多——妳沒來，大家都想妳。」

這句話點亮了她的眼眸，她害羞的低下頭。這低頭讓她的胸頸處畫出圓潤的曲線。

「如果明早沒雨，儘量到學校來。」

點頭。

一股濃濃的焦煙味在空中遊走，提醒他該走了：「好吧！告訴妳爸媽，我來過，我要去余正義家囉！」

丁老師向後面的房屋走去，是鋪了亂石的下坡路，經過樹叢間的幾戶人家，便有一股濃烈的米酒味撲了上來，往下走了十來步，眼前鐵皮屋下有十餘人圍坐一處喝酒，他們亢奮的笑鬧，把周圍空氣都鼓得跳動起來了。

有人看到他，大喊老師。其他人轉過身來，開始私語的問這是老師嗎？怎麼這麼年輕？

「當然是學校老師，要不然是牧師哦！」

「牧師就不能喝酒了，他會要我們禱告，不讓我們喝酒。」

「來，喝一杯，老師可以喝酒的。張老師比我們還會喝。」

「阿——們。」有人歪歪斜斜的模仿牧師畫十字。

「信主得永生。」

丁老師向大家問好，說明來意。

「他就是尤秋露的爛爸。」有人指著一位矮肥黝黑的中年男人喊。

被指著的男人卻揮手否認，大家慫恿他站起來，他一直喊：「我是她叔叔，不是她爸爸，叔叔，是叔叔。」

「你不是住在她家裡，你就是你女兒的爸爸，你說，你不是，你就是，就是。」

男人尷尬的站起身，搖搖晃晃的倒了一杯酒要遞給丁老師，丁老師搖手婉拒，他傻傻的笑著不肯收手，旁邊的人七嘴八舌的要他立正敬老師才有禮貌，他揮手要別人不要管；忙亂中有人指著一名微老女人介紹說是尤秋露的母親，她很艱難的扶桌子，站起身來，一團腹肉就晃晃盪盪的擠在桌上，她使勁向丁老師比了大拇指，開始喃喃的說著：

「老師，我是真的尤秋露的媽媽，我……脊椎在工地摔傷了，我……我……我原來的丈夫，幾年前車禍死了。」看她迷濛的眼神，就知她喝醉了。

「老師喝酒！」

「喝一杯，來……」

嗆人的米酒味。這群人要從酒精裡撈出來晾個三天三夜才會清醒吧！再不溜，等一下免不了要被拖進去喝幾杯，丁老師藉口要再拜訪學生，快速離開現場。沿路他感嘆：難怪尤秋露剛剛會尷尬，這孩子已經到了顧面子的年齡，多少懂得人情世故了。

隔天，學生總算到齊。丁老師準備上課時，校長出現，交代說倉庫泡水，要他帶著班上的學生協助工友，進去搬東西出來曬乾。

學生們聽了竟然都高興大叫。

「高興什麼？課本都上不完了，你們還高興。」丁老師罵歸罵，還是把全班帶去工作，他和工友帶著幾個男生進去倉庫，女生則負責在外頭鋪開東西好曬太陽，倉庫裡的地板還潮濕不堪，最下層的軟墊吸飽了水，跳箱、報廢的風琴、舊教具和掃地用具也都有了水漬。

他們從最外處搬起，起初學生們還有說有笑，搬到了倉庫中段時，笑聲都被熱氣蒸得無影無蹤，前面盡是沉重的舊式辦公桌子，偏偏工友卻閃人不見了，丁老師猶豫要不要叫學生去找人，又想工友真要躲的話也找不到人的。只好與學生勉強抬起桌子，緩緩蟹行。

門外的幾個男生大聲喧譁，嘴賤喊起誰愛誰之類的話，丁老師深怕脫手傷了協力搬桌子的男生，只得咬牙苦撐，懶得理會，偏偏外頭的聲音越來猖狂：

「郭國正愛沈秋麗。」

……

「林明志愛尤秋露。」

外面的爆笑聲刺痛了丁老師耳膜，不！是心坎。

「尤秋露是林明志的老婆。」

接著狂亂的聲音反覆這句話。

丁老師升起一股無名火，他擱下書桌，指向門外男生們，大聲喝了一聲：「誰說的？」

大家都閉了嘴。

林明志站在門口處，縮著脖子得意的賤笑。

丁老師覺得自己受盡侮辱，腦袋轟轟的大燒怒火，走過去，迅雷間，甩了林明志一巴掌，打得他愣在那裡，滿臉通紅，不知如何是好。

「還笑。」丁老師滿臉漲紅，指著林明志大罵：「就是你。」

學生們都嚇得噤聲低頭，直到清空了倉庫。

午餐後工友出現了，抱來了兩顆大西瓜，涎著笑臉對丁老師說，大家都去撿西瓜，溪床和岸邊到處都是，隨便撿都有，只是大部分的西瓜都泡水了，還有不少已經炸開，他挑了很久，才挑了這兩顆。

那麼說你很辛苦了？丁老師想發作不理他，但自己還是菜鳥，工友又是本地人，連校長都要讓三分，只能苦笑。

大家把西瓜剖開，其中一顆瓜肉已爛糊，有酸酵味，不能吃；另一顆泡水，瓜肉勉強可以吃。

「丟遠一點，六月天太陽一照，又要生蒼蠅了。」張老師提醒工友。

果然沒錯，下午到處都是蒼蠅，牠們特別起勁的纏著人們衣物臉頰吸汗，就算被拍扁打爛，還能振翅翻身瞪你一眼。

丁老師經過五甲教室時，看到三個男學生面朝黑板罰站，他們的嘴巴咬著白色的——哦！是白色的粉筆。

「這些小鬼偷喝酒，被同學檢舉，我千交代萬交代，敢偷喝酒絕不放過你。」賴老師留著一頭精悍的短髮，去年八月才從海軍陸戰隊退伍：「腦袋都變酒渣了，還喝酒，我早就警告他們，再喝酒，我要他們把粉筆吞進去，媽的，給我裝肖維。」

可是咬粉筆不太好啊！丁老師沒這樣說，改成：「這種下雨天，大家都沒處跑，沒喝酒不知道要幹嘛。」

「我派的作業都沒寫完，怎麼不知道要幹嘛？你派的作業他們有寫完嗎？」賴老師帶點質問的語氣。

「沒，大家都有理由。說家裡漏水，沒地方寫字什麼的。」

「難怪教堂裡的傳道每次都說，上帝會來這裡。」

「來這裡幹嘛？修理他們？」

兩人聊著，就約好下班後到大溪走走，要看看大水過後的景象，如果有好西瓜可以撿，就撿回來。

等到下班，兩人騎著野狼機車到岸邊去。一望無際的溪床都還泡著爛泥，原來農運車駛出的路徑都已不見，只有一些凌亂的腳印，大概是中午村民下去撿西瓜留下來的足跡。

兩人沿著岸邊尋找下溪床的路徑，幾處被淘空的岸土凹洞內，裡頭就有一顆顆掩埋在爛泥裡的西瓜，溪床靠岸處原有大片的雜樹林，全成了向出海口彎腰的禿頭，那些乾枝和樹藤都被沖走了。

「有人要賠到脫褲子，這些人大都是向農會貸款來種的。」賴老師跳下溪床，從泥沙裡開挖一顆西瓜，只幾下，就放棄了：「爛掉了。」

「這整條溪這麼寬，大水竟然能漲滿。」丁老師指著被淘走的岸土說。

「就剩這幾顆爛瓜。」

「爛瓜。」眼前沒有一點翠綠，全是蒙上一層灰土的溪床。風狂妄的帶著沙土撲進眼瞼，丁老師只得瞇起眼，望向那些被折腰翻枝只剩灰色葉背的雜樹林。

「那是什麼？」賴老師也轉向雜樹林。

「構樹。」

「我知道，我是說那幾顆大構樹的樹幹下，看到了嗎？那是什麼？」

「哪裡？」

「你順著我指頭的方向看，兩點鐘方向。」

「兩點鐘……」

丁老師看到了，構樹下的沙地有一團橫躺的長條物，那長條物奇怪的穿著衣服。他們往那構樹林走近。

丁老師忽然想起苦瓜。

「完了！」賴老師大喊。

等到事情告一段落，已是晚上九點多。丁老師回宿舍洗完澡，到辦公室時工友正跟著電視裡的罐頭笑聲哈哈大笑，丁老師本想向他提起苦瓜的事，但工友根本沒轉頭招呼他。電話鈴聲響好一陣子，工友完全不理會，丁老師只好接起電話。是找他的。

「你阿隆？」

「母仔。」他聽出聲音。

「這個月的月仔錢猶未寄轉來。」母親直入主題。

「這幾工大雨，無法度出去寄錢，明仔載我去寄。」

那頭的電話掛斷了，母親和父親講電話的習慣就是如此，因為向隔壁借用電話，每多講一句話，就多欠人家一份人情——父母欠隔壁已經太多了，他們常常在二月和九月，一戶一戶借錢來支付四個子女開學註冊需要的學費與生活費。他們在丁老師外出工作時就立下規定：每個月必寄一萬元回家，這是名正言順的月仔錢，孝順與否的天平就靠這月仔錢來秤，月初若沒有收到月仔錢，父母理所當然打電話來催。甚至連用一句關心的話語來換取，都毫不留情的省下了。

他的辦公桌上放著一包紙包的東西，打開看是過溝菜蕨，葉梢還帶了水分。當中夾了一張皺了的字條，寫著歪扭的「老師謝謝您。尤秋露」。

「她要放學時才拿來辦公室的。」工友總算轉頭說話：「連下了幾天大雨，田頭溝尾很多，燙一下就能吃了。」

丁老師勻了一半放到工友桌上。

工友點頭：「這女生是膽小鬼，連進辦公室喊報告的聲音都喊不出來。」

「是啊！她住下坎。尤秋露。人看來高大，聲音卻比蚊子還小，常常要她念一段課文，要一再的提醒她張大嘴念。」

「下坎，姓尤啊，只有一戶，她媽媽國中一畢業就懷她大哥，好像隔年還是再隔年又生她二哥，那兩個男生都畢業幾年了，幾年？三年……對了！校長有問倉庫清好了沒。」

你是工友，難道你沒有去倉庫做最後檢查嗎？丁老師閉口不語。

「姓尤的，那大人，五、六年前酒醉摔死在工地，現在這位爸爸是不是挺著大肚子？這繼父，哇！酒量真大。她媽媽在臺北的建築工地認識的。她媽媽後來又生了兩個。她又懷孕了嗎？」

「沒。」

「她叫尤什麼？」

「尤秋露。」

「哦！尤秋露。她媽媽國中沒畢業就懷孕了。」

「早熟，會遺傳吧！」

工友沒有再接話，轉身去按搖控器，關掉電視。

丁老師本想提起尤秋露兩個月前曾表示她姊姊要離家出走，他很緊張的追問，尤秋露卻沒再回話。後來，他看了尤秋露的基本資料，發現她沒有姊姊。

工友起身伸展筋骨：「下坎就是個酒窟，他們專喝米酒，也會自己釀，那才好喝，我沒事不敢進去那裡，沒有喝到吐不能脫身，尤其選舉時，候選人米酒整箱送，他們天天醉，喝到胃出血還在喝。」

濃烈嗆鼻的米酒味隨著工友身體移動而生手長腳的爬來。啊你不也是酒鬼？丁老師攤開桌上的習作簿，隨手翻翻。

「我回去睡覺了，有事喊我。」工友站起身來，遲緩的步出去。

真是只剩一張嘴的男人啊！丁老師認定這人已經廢了，接一通電話都手抖腳麻遲鈍到樹懶的速度。唯有酒精能讓他生龍活虎，那時的氣勢都會用來罵校長和學生——老師人多，勢壯，他不敢得罪。

丁老師和賴老師曾一起向校長投訴工友怠職，校長笑說不敢請工友走路，因為他家內還有妻小四人要他這份薪水撫養，他沒了這工作，又沒有薄田，一家馬上挨餓。

「得饒人處且饒人。」校長說。

苦瓜的事情傳開了，好事者搶起了吹牛的版權，第一手目擊的丁老師不在故事中，他樂於在邊緣隱伏，早自修時依例集合排球隊練習。學生們的筋骨都生鏽了，每個動作都卡了半秒，最慘的是尤秋露，摸地折返跑，身體僵硬，彎不下腰，還直接仆地。等到練習攻擊隊形時，她跳起來扣球的高度只有三塊豆腐高，不斷扣球掛網。

丁老師火大向她砸去一顆球，結結實實的正中腰腹，她嚇得全身僵硬，眼淚滾了下來。

「妳殭屍嗎？下去。」丁老師指定了一位五年級的學生上來頂替她。

練習結束，丁老師集合訓話，大罵畢業生練球態度不好，說縣長盃是他們國小生涯的最後一場比賽，可是大家沒有榮譽感，尊嚴要自己去爭取，既然不珍惜，就把上場的機會讓給五年級的學生吧！

尤秋露的眼神迴避丁老師，上課時，她不敢對上他。

下課後，尤秋露沒來問要擦黑板，卻俯身嘔吐。

「中暑嗎？」這六月踩在風火輪上，誰受得了？丁老師喚來林惠美：「給她按摩一下肩頭。」

尤秋露乾嘔了幾回，趴在書桌上，搖頭：「沒怎樣。」

「去衛生所看一下，林惠美，妳扶她，我帶妳們去。」

尤秋露還是趴著，搖手：「我沒事，休息一下就好。」

「妳有吃早餐嗎？」

「有。」

「好吧！等一下再不舒服，要告訴我，我叫人陪妳去衛生所。」

又趕數學課，教室成為熱浪與風扇的戰場，才上了約十分鐘，尤秋露雙眼迷濛，終於垂下眼皮，打起盹來了。

了。

丁老師沒有喊醒她，早上砸她球太大力，他心裡多少有點愧疚，不想再找她麻煩

夏至前，山腰梯田上的稻穀都熟透了，村裡人共工收割稻穀，人一多就聚在一起喝酒解暑，路旁多了醉倒的人，多了幾個酒後打架、半夜喧鬧的人。這氣息也感染了學生們，丁老師每次上課書寫板書時，背後就會傳來窸窸窣窣的騷動聲。一下課，學生們聚在校園陰暗的角落喁喁私語。從他們眼神裡，他讀到學生們的共謀——他們背叛他的教誨，不再信服學校。

畢業典禮之後，男學生們裝模作樣的學起大人，叼著菸、騎機車在路上狂飆；和大人圍坐喝起酒來。他們用惡毒的眼神回應丁老師的注視。

丁老師在八月底連幾天留校值日，某天，校長請他到校長室，管區廖警員已經坐在沙發上了。校長慎重的把門靠了起來。

「這件事情還是讓你知道，雖然他們都畢業了，」校長等丁老師坐下：「尤秋露，她在學校時有什麼異樣嗎？」

「沒有。她怎麼了？她是個乖學生啊！」丁老師看到警察坐在這裡，暗忖沒好事。

「她練排球時沒有抱怨過嗎？」

「沒有，她話很少，內向。」
「同學都沒提過什麼特別的事嗎？」
「是……關於什麼人的事？」
「尤秋露。」
丁老師警覺校長像判官在審問他。「尤秋露嗎？沒有，印象中沒有。」
「這樣啊！她竟然都沒向學校的任何人提過，也看不出任何徵兆。」校長轉身對廖警員：「她是早熟，有點肉肉，這種事她不講，男老師真的很難看出來啊！而且也不方便問太多，這年紀的女學生很敏感的。」
「對！」廖警員客氣點頭。
「尤秋露有和男生來往嗎？」校長又轉向丁老師。
「沒，她內向，早熟，外表，嗯！就像十五、六歲的小女人了。班上小男生發育較慢，很少注意她的。」丁老師不願提班上那些愛來愛去的傳言。
「她是很內向的學生。」校長對廖警員說：「從外表看，也很平凡，沒人能看出什麼的。」
「是啊！那——學校這邊，也盡責了，家裡的事嘛！我先走了，就這樣了。」廖警員站起身：「這件事情沒有人要報案。我已經提醒過尤家了。他們自己處理好吧！大概就這樣囉！」

校長把廖警員送出去，回到丁老師旁的沙發上，劈頭就說：

「搞大肚子了。」

丁老師瞪大眼：「你是說……」

「尤秋露。」

「怎麼可能？」

「都懷孕五個多月，肚子都比西瓜還大了，決定要生下來。」

「那……」丁老師聽出校長語氣裡的責備，尤其「肚子都比西瓜還大了」這句話。他怎麼完全沒有警覺？怎麼沒能看出來？

「鄰居兩個月前問過她，她只說變胖了，最近鄰居起疑問她媽媽，她媽媽趁她睡著後，摸她的肚子，才逼問出她有了身孕。」

「孩子的爸爸是誰？」

校長搖頭：「大家都問這問題，猜說是哪個男人，尤秋露起初不肯說，下坎的男人都嚇死了，唯恐是自己酒醉幹出來的好事，她媽媽最初想到的是村裡這些國高中生、工友或者是你，所以馬上打電話來學校，要我和廖警員過去。」

丁老師急忙揮手，否定自己和這件事的關聯。

「當然不是你，我一去就說不可能。警員一去，尤秋露的繼父很快就承認了。他繼父求大家原諒，他自己也不知道酒後做了什麼，他說如果進了監獄，一家人要餓肚子。他出獄後也沒臉回來了。」

「是強迫的嗎？還是——」

「不知道，他繼父推拖不清楚，尤秋露也只是沉默——誰知道到底是怎麼回事，我不知道細節，我猜他們很後悔請我和警察去，結果這件事和學校完全無關。我也只知道這樣，她媽媽雖然生氣，但是她脊椎受傷，只能靠喝酒止痛，天天醉的人根本無法再出去工作，她必須要依靠這個男人，她希望這件事到此結束，她拜託警察放過他們。而且，據他們說——」

校長噓了一口長氣，才又繼續：「這事他們有經驗，村裡二十幾年前也發生過這種事，當年那家人現在也活得好好的，他們有經驗了，把孩子生下來，養大就是了。」

「以前也有？」

「是啊！太陽底下沒有新鮮事，村裡的長老說這事是人家家裡的事，讓尤秋露生下來，孩子就用尤秋露妹妹這名義養大，這樣不會影響尤秋露的身體，也不會影響她未來的婚姻，這樣對她最好，她們是這樣說的。這是他們家的事，我們管不了。我今天告訴你這些，是因為這件事已經傳開了，我聽到耳語，你早晚會聽到這件事，先讓你知道他們家的決定，不要再正式去報警，把事情搞得很複雜。」

丁老師點點頭。

「這件事就這樣，不能再傳出去了，會傷害人。有人問，我們就當作什麼都不知道。」

「好。」丁老師離開校長室，腦海中浮現著尤秋露已經是個婦女的畫面，她背著襁褓中的嬰兒，不時回頭輕聲安撫那嬰兒——她用那雙帶水的眼神，深沉的注視著他。

那晚，一群人暫時安置好苦瓜的屍體後，已經入夜，眾人一起離開了構樹林，爬上土岸。丁老師和其中幾位往學校方向的村民一道走，他從村民的口中，知道苦瓜的妻子與兩名成年兒女，早在數年前因為受不了他的嘮叨，一起離開這裡到都市去了，只留下苦瓜堅守西瓜田。

經過村裡的小教堂時，其中一人建議大家進堂內禱告，求主的庇佑。原來這人是教堂裡的傳道。

「我不是基督徒。」丁老師和賴老師耳語。

「我也不是啊！這裡又沒有大廟可以除穢氣，說不定這基督能為我們淨身。反正大家都來了，進去看看。」

兩人跟了進去。傳道打開教堂的燈，原來眾人身上都沾了爛泥巴，甚至連臉頰都有泥塊，大家因此不好意思坐上椅子，隨意圍著傳道，傳道帶著大家禱告，先向主介紹現場的七個人。介紹到丁老師時，丁老師一陣緊張。傳道介紹他：

「感謝主把丁老師帶到我們村落來，他用心在教我們的孩子，讓我們的孩子蒙受教育的恩澤。」

傳道向主報告了苦瓜的事，說他是主的子民，勤勞的典範，一生從不做欺妄的事……請主帶他到天堂。接著，傳道帶大家一起低頭禱告。

主啊！

赦免我今日心中所想一切邪惡錯誤的念頭。

赦免我今日眼中所看一切污穢不清氣的事物。

赦免我今日嘴中所出一切沒造就人的話語。

赦免我……

傳道又連續很多次「赦免我……」，丁老師疲累的打盹，沒跟著念，再張眼時，忽然瞥見斜前方及臂遠的長條椅背上，有兩行歪扭的鉛筆字跡，每個字有眼睛大小，他湊近一點，看到上面被槓上一條線，更加引起他的注意：

世人—都犯了罪

虧欠了——神的榮耀

一位謙卑的信徒，慎重的在上面寫下這兩行字，然後，一位充滿自信的信徒槓掉它。或許不是這樣，是一位頑皮的學生，在上面隨意塗寫，然後，一位嚴肅的成人，生氣的畫去。

這樣觀者不僅記住了內容，也記住了槓去的線。都犯了罪？

這樣的指控令丁老師覺得太沉重，他很有信心自己不會有罪。眼前或未來。

那時的六月，洪荒猖狂，掙脫了時間的刻度。他才二十二歲，一個囫圇吞食人生，還無法看清自己未來的年紀。

小雅

小雅失蹤了。他氣極敗壞的請了長假回家，先確定母親平安，再向區公所的承辦人投訴。

「這什麼鬼，不到一年就開溜了，連一個訊息也沒留下，是要逼死人嗎？我把要送的貨全丟回公司，就跑回家照顧母親，老闆要打斷我的腿了！你們這是什麼智慧人？」

區公所的承辦林科員提醒他說，不該用「開溜」這個詞，一般用「脫離職守」，這關係到他能不能再申請一位智慧人來照顧他母親，用字遣詞不得不小心些。

「妳是說，我還要再申請？不是馬上有一位智慧人來遞補，那我要再照顧我媽多久？妳以為我老闆是慈善機關，可以讓我說來就來說走就走？」他嘴巴裡沒有說出口的是：我沒有收入，連自己都養不起，怎麼照顧我媽媽？

林科員對他說，根據智慧人使用道德規範的相關規定，使用者必須接受一些簡單的調查，確定沒有違反使用者道德規範，浪費了政府的資源。背後還有更深沉的意義：這個島上有一個神祕的智慧人組織，是由這些失蹤，不對，是脫離職守的智慧人組成，可能有幾百個智慧人，他們對於自身遭到的不人道對待，以及人類濫用智慧人的情形，一再的提出抗議，甚至不排除使用激烈的抗爭手段來反擊人類。

「不人道？妳是說，他們，智慧人也成立了組織，那我們權益受損的人類也來成立一個組織好了，就叫——算了，我們的科學家在幹嘛，竟然讓他們開溜……呃，脫離職守，還成立組織，還抗議，現在怎麼了，天地顛倒了？」

林科員面對他質問的語氣，還是心平氣和：「對於任何一位智慧人的脫離職守——抱歉！依法我要告訴你，我馬上要開啟錄影模式——我們必須嚴格照SOP做一些調查，確定沒有不人道對待的相關情形，才能再核准申請，你必須要忍耐一段時間，在這段時間，如果你有經濟上的問題，請你到社會科申請相關補助，那不是我的專業範圍。」

他停頓了一下，一時不知道怎麼推開「經濟問題」這個戳中他尊嚴的隱刺，同時，對於官方動不動就開啟錄影模式也很不高興：「你們就會錄影！那好，這個智慧人，她的良率或是叫什麼堪用率？我不管那叫什麼率，反正就是我才用了一年，晶片就有兩次故障叫修，這你們都有紀錄，我為這個還請了兩次長假，結果，這次直接脫離職守，現在好像是我們使用者的問題了？還要被調查，科學家與官員無法控制好智慧人，反而調查我們使用者，我們只是善良的普通老百姓，我們做錯了什麼？」

他滿肚子苦水，想起當初申請智慧人時，林科員還建議他申請客製化，每個月多花個上千元的租金，讓母親舒服點。所謂客製化，就是小雅來他家前，經過徹底改造，成為他的複製品，包括氣味、聲頻、磁場、性格和思維等，除了外貌上男女的差別。至於如何將一個男人複製成女人模式，如何定義成功的複製？他也不懂，他只是照指示進實驗室，問卷、測試、錄音、抽血、照X光、切片，被當成白老鼠徹徹底底搞了三天，只差沒有割下一片皮。客製化的目的，是為了讓母親覺得小雅有他的感覺，避免生疏。根據官方給他的資料顯示，小雅除了精細動作無法百分百準確，且是個仿女性外，小雅與他給被照護者的主觀感受相似度超過九十九%，講白點，就是母親若不仔細辨認，會有兩者是同一人的錯覺。至於這感受度九十九%是怎麼測出來的？他也不知道。

「我該挑男的或是女的？」那時他問林科員：「大部分的家屬照顧母親，都挑男的還是女的？」

「女的。根據我們的統計年報，家屬有九成會挑女性的照護智慧人。」

「那我就挑女的。」他還有個私心，一種對異性的憧憬。

小雅來後，他每日回家一開門，看到小雅立在充電椅上，彷彿看到小一號的自己，不禁聯想到自己若有女兒會是小雅的模樣，完全沒有違和感，好像這個家多了小雅，是理所當然的事。他想過若小雅是個男性智慧人，他回到家，會不會覺得被外人侵入呢？只是，女性智慧人如何能讓母親產生與他相似度九十九%的感覺？林科員說科學家們早就解決了這個問題，就是移植部分他的訊息傳遞素到小雅身上，致使母親忽略外表差異。原來老人的視覺、聽覺、嗅覺都已退化，更依賴直覺和世界互動，這種訊息傳遞素能騙過直覺，或者不該說是騙吧！是一種默契。

單就績效的角度來看，除了開始的幾天，母親曾經反射性的抗議了幾次，之後就沒有聲音了。可以說，這個客製化是很成功的。

比起之前兩位外籍看護，小雅能二十四小時待命，耐操耐磨，有絕對的優勢。他曾認為小雅的角色扮演得很好，真是人類智慧的結晶，不愧於智慧人這個名號，料不到小雅竟然脫離職守，丟下爛……不！這種怠惰的語言，真是個陷阱。

官方的所謂「調查」，就是先檢視小雅之前每日上傳給官方存檔的錄影，這些影像檔，為了顧及被照護者的隱私，智慧人僅能在某些特定的時間與角度錄影，十足的官樣文章。他與林科員很快的快轉看過，證明母親與小雅雙方沒有發生過肢體衝突，雙方沒有任何暴力行為。小雅也依照設計，每日與母親充分對話；並與母親保持足夠的距離，只有母親需要生理照護時才靠近母親，尊重母親的隱私——這些都是獨斷而輕率的推論，你知我知的虛應故事。反正這個時候，誰還要推敲細節，都是給自己找麻煩。

「從這些錄影檔來看，初步認定小雅脫離職守歸因於個體行為，使用者並沒有不當道德的疑慮。」林科員看完後，下了小結論。

這對於他再申請一位看護智慧人有正面的幫助。不過，他在快轉檢視錄影的過程，發現母親很少露出笑容或正視小雅。隱約感受到母親對小雅的冷漠。他深知母親矜持又不善人際，表面溫和，卻極度敏感，每晚要吞安眠藥才能勉強入眠，對於周圍的一丁點聲響都會焦躁不已，讓她暴跳狂亂，她自己常說鄰居傳來的聲響刺穿她的耳膜，恨不得把自己的耳朵縫起來。為此，老家牆壁裝了幾道隔音板，卻還是隔不了那些噪音。

母親長時間坐臥床上，一方面骨骼幾乎撐不住身體，一方面她怕走出家門會發生意外——她若聽到一點關於某人死亡的消息或有關死亡的暗示，就抱怨說心臟怦怦的要跳出她的胸膛，逼得她要用力按住胸部，她認為死亡像感冒會傳染，甚至死亡的任何訊息或連結就會帶來死亡。唯有轉開身，才能避開死亡的感染。即使看醫生，她也不願出門，唯一的活動，就是坐在輪椅上被推著在三合院繞圈。

林科員來家裡拜訪母親，說是「調查」的必要。她向母親問了幾個制式的問題，還錄影存證：

「請問妳與小雅有發生過衝突嗎？」

「什麼？」

「衝突，妳和小雅發生過衝突嗎？」

「小雅？」

「那個智慧人。」

「智慧人啊……」

他在旁邊，唯恐母親多說了什麼。

「小雅有隨傳隨到嗎？」

「智慧人啊。」母親點頭。

「小雅會扶妳排便、排尿嗎？」

「你說什麼？」母親湊近耳朵。

「小雅。」

「什麼？」

「智慧人。」

「哦，她會扶我。」

「小雅每天用輪椅推妳去散步的時間有多久？」

點頭。

「大概多久？」

點頭。

「大概多久？」

這樣雞同鴨講的又問了十幾道題目，母親不太能理解這些問題。林科員盡力引導到對他有利的答案上。顯然，林科員是站在他這邊的。

林科員走後，他扶母親坐上輪椅，在三合院轉圈，母親難得打起盹來。母親臉龐的深凹處藏著一雙濁眼，幾乎被一層淚翳包住，嘴角的肌肉順著皺紋向下彎，印象中那是從沒有向上揚過的肌肉，母親在半睡半醒間一如往常的抱怨：胸痛、全身神經痛、心臟怦怦跳、骨頭痠痛。

他在聽第一輪抱怨時，還低身湊近一陣子，聽了幾輪抱怨後，他就只發出一聲「哦」，連湊近也沒有了。他體會到母親一年來完全沒變，她大概也分不清是先有疼痛才抱怨，還是先抱怨才覺得有疼痛，或者兩者同時產生，抑或只是一種口頭的慣性。總之，母親的疼痛無法具象，無法像拔牙一根根的拔掉，數年來找了十幾位醫生，除了不斷的吃消炎止痛藥外都無解。這個關於疼痛的無頭公案，大概永遠無解了。母親的疼痛怨訴，能壟斷周圍所有人的話題，禁制所有人的笑容，霸道的不讓快樂的磁場滋長，甚至催眠了周圍的空氣，讓人一靠近她，就無法笑開臉來。

他很怕這種氣氛，曾想要說服母親要常笑，失敗幾次後，他只好沮喪的接受這個現況，靜靜的不去打擾母親的抱怨。他曾回溯母親這種抱怨的歷史，似乎早在二十幾年前，母親就把抱怨拿來配三餐了，父親那時早已把這些抱怨當空氣，每天到公園去玩紙牌猜明牌。

母親常說她的神經痛都是年輕時過度勞動積累來的，她還常歸因於一次奇特的經驗。

母親說她二十歲那年，過完春節不久，橋頭仔的水田插秧，遇到春雨，這是插秧的好日子，因為小秧怕太陽曝曬。那雨越來越狂，母親和幾名雇工只覺得雨衣內的汗水濕溽難忍，大家的手腳沒有停下。天空響起轟轟雷聲，雷聲就在耳膜附近，幾道閃電在眼前亂竄，這是每年春雨必有的陣仗，大家見怪不怪了。

一行人總算將兩分地插上秧苗，雇工們收拾了工具先行離開。母親身為主家，留下來善後，就是補那些漏插或扶好被踩歪的秧苗。眼看已到田頭隴邊，就要完成工作，母親心中不免欣喜。剎那間眼前一片刺亮，母親只覺得身體撕裂劇痛難忍，人已昏迷過去了。幽幽渺渺間，她恍惚聞到燒焦味——不知道多久後，有一名白髮老翁搖著她。母親醒來後，全身灼痛，連滾帶爬進了田頭的灌溉水溝裡，忍痛泡水。在水裡，她才看清自己手腳的表皮被燒剝了一大片，露出那紅腫的肉層，衣角、褲管也都黑焦捲曲了，手摸頭髮，竟抹下了一掌的炭屑。

那名白髮老翁，母親說是土地公，她總說若不是那田頭土地公叫醒她，她可能就死了。

他的想法是，母親是痛醒過來的。也幸虧春耕時，田頭的小圳溝會放滿水。

母親常指著手臂一段尺長的深色疤痕說，這就是被雷公打的痕跡。又會說天公伯愛作弄人，每一年初春插秧，就是陰雨天，雷公就打人，每隔幾年就會打死一個農人。後來她聽到雷聲就全身發抖，會聞到燒焦味。那些插秧的農婦都笑她神經病。母親最後甚至不敢再到水田裡去了，只好到建築工地去做女工。

後來的後來，母親說，她就帶了這個全身抽痛的毛病。「被雷公打過，一定是這樣的。」

林科員請他到公所，說是智慧人組織在網路上公開了小雅照顧母親期間的數據資料與心得日誌，算是為小雅的脫離職守提出辯護。

林科員請他仔細的閱讀這些統計數據與小雅的日誌。

談心時間三六四〇次，共四〇八二五分三十四秒二三。

清潔處理三八六一次，共八〇四二六分三十八秒〇八。

行動協助七二〇八次，共三八九四二分十八秒一二。

健康診斷四〇八次，共二〇四八分三十二秒三五

護理按摩九〇三次……

林科員解釋說，智慧人將照護工作分類統計是例行公事，本來沒有什麼，不過，這份資料裡有一項數據特別奇怪，是以往的智慧人統計資料裡很少看到的。她指著其中一

行數字提醒我：

「你看這裡，這一行，強迫節電模式五十八次，共二九〇時十分四十三秒二三。這是怎麼回事？」

「怎麼回事？」他當然不知道。

「你讀讀照護日誌，或許就能了解是怎麼回事了。」

時間：二〇三〇年八月二十三日

主人心跳、血壓正常。進食正常、飲水正常。

排便正常，頻尿（夜尿四次）。

依處方箋指示服用身心科藥劑（安眠藥、鎮定劑）與心臟病、高血壓藥劑。

室內步行二一八步（自行器協助、拒絕戶外步行），步行時間十八分二十八秒，步行距離三十八公尺九十公分，步行面積九點二九一平方公尺。

輪椅距離六十八公尺二十四公分。

日光時間十八分二十六秒（主人因太陽太烈指示終止行動）。

談心時間十六分三十九秒。主人表述要點：全身痠痛，因噪音無法入睡。（經偵測，附近最大音源為二十分貝，查無噪音來源）

心理判讀：觀察中。

其他：主人外甥來訪。

第二天的日誌除了日光時間與步行的數據微幅縮小外，幾乎是第一天的複製。

第三天，日光時間增加到二十三分鐘，其餘數據都很接近。接下來幾天全部數據都只是微幅的增減，幾乎是第一天的複製。他終於了解為何照護智慧人要秀一大堆數據，說穿了是要遮掩智慧人缺少人類細膩觀察與感受的能力，他們明顯無法比肩人類的智能，或許只是嫻熟這些複製、貼上的功能，名為智慧人，實際上就是個僵硬的機器人。

到了第十二天，主人表述要點中，有「主人認為噪音來源是小雅」的句子，那天的心理判讀為「不快樂、敏感」，其他事項加註「主人生氣，於談心時間八分十二秒時要小雅閉嘴」，這一天的「其他」的後面下就特別加註「無法完成法定的十五分鐘談心時間。」

「這裡我解釋一下，」林科員將游標移到「談心時間」這幾個字間：「你看到了，小雅這裡將無法完成法定的談心時間歸因於令堂，明顯是一種推卸責任的作法。」

「原來我們有這種規定，談心時間要十五分鐘。」

「對，智慧人每日要照規定行事，只要無法達成目標就要註記。」

這……也太強人所難了，他與母親已幾乎無法溝通，常常談不到三分鐘就結束，母親只願意沉溺於病痛的複述，對於新事物、新觀念會自動關上耳朵與眼睛，你別試著告訴她外面的世界，比如說：你告訴她透過手機就能替代現金付錢，你告訴她車子會自己開車，你告訴她人類正要移民到月球上……她會轉開臉不和你聊這些話題，彷彿這話題有毒，聽太多會傷害身體似的。這讓他很受挫，覺得與母親聊天的過程充滿挫折感。

母親還有一個習性，就是排外，凡是與她沒有血緣關係的人，她打心裡就排斥。母親這種心態，在他與前妻吵離婚時就曾赤裸裸的展現出來。母親一再惡毒的批評前妻為「賤女人」、「賺食查某」，從穿著、舉止、智商全部批評一輪，連前妻娘家的父母都難逃她惡狠狠的人身攻擊——讓他驚訝不已，想不到溫和的母親如此暴烈的攻擊「敵人」。

在申請智慧人之前，他曾給母親請過兩名外籍看護，但是母親無法接受外人進入屋內，總是懷疑她們是小偷，不斷刁難她們，沒有一個外籍看護能撐過一年。小雅要來之前，他不斷的洗腦母親：

「他們是有智慧的人，現在全世界有上千萬個智慧人在服務人類，他們的晶片、程式、感應器都是臺灣製，這些廠商同時都是美國特斯拉的供應鏈，這種智慧人臺語客語國語都會通，而且，來家裡的這個智慧人，還是我挑過的，我喜歡的型，妳也一定會喜歡的。」

母親別過臉，這是母親生氣的姿態。

「我要出去闖事業，我要賺錢養家，不得已才會如此。這個智慧人是公認照護人類最周到的品牌，她會有我的磁場，想事情也會像我一樣，半夜會隨時起來陪妳，不會叫不醒。」

「電視上看過，那不是人，那是畜牲，畜牲哪能照顧人？」

「阿母——那是智慧人，我們要把他們當成人來看待，他們的頭腦和我們一樣聰明。」

「啊他們有靈魂嗎？有像我們一樣的靈魂嗎？電腦有靈魂嗎？電視有靈魂嗎？智慧人不是和電腦電視一樣，就是機器嘛。」

「不是，阿母，他們要來照顧我們，有沒有靈魂不重要，他們比人還要有耐心，還要忠心，照顧妳比我還要細心，科學家很厲害，把他們設計得很好，現在全世界有幾千萬人在用這款智慧人。」

「什麼智慧人？又不是人，就是沒有靈魂的機器。比畜牲還不如。會不會半夜故障了害死我？」

「不會啦！全世界幾千萬人在用，從沒發生這種事。這種智慧人還會學東西，就像小學生一樣，妳教他們東西，他們就學起來，甚至還會想，想怎麼解決問題，而且又省錢又貼心。他們會把妳照顧得好好的。絕對不會偷錢或偷東西，他們用不到，也不會用。我不出去工作賺錢，妳要看我餓死？」

母親這一次屈服了，至少表面上妥協了。

他心裡也清楚，智慧人對老人的照顧，想必就是照程式裡的指令SOP操作，苛求他們了解老人家，與老人家貼心互動，大概不可能。不過小雅來了以後，某些事情很稱職，譬如半夜母親總要起床上簡易馬桶三、四次，這對小雅來說，完全沒有生物時鐘與體能上的問題；另外小雅能聽母親嘮嘮叨叨念上幾個小時，任憑母親說到天荒地老，講到顛三倒四，小雅也能按照標準作業程序回應母親。小雅沒有情緒，沒有忿懣，應付母親永遠講不完的往事，很能勝任。

只要充飽電，小雅就是最優的照護者了。

小雅的日誌顯示，之後幾天，母親一直抱怨小雅發出噪音干擾她的生活。

他早就知道這件事了。

記得小雅初來的第一個假日，他心裡愧疚，匆匆趕回家探視母親，開頭問母親：

「小雅好嗎？」

「很吵。這個很吵。」

「她會吵？」

「走來走去，很吵，害我睡不著。」

「妳睡覺時，她沒在動了，她去充電椅那裡充電，應該沒有聲音。」

「很吵，充電的聲音很吵。」

他下指令要小雅繞幾圈，再回去充電，請母親指出是哪種聲音吵到她，母親說不出所以然，只是反覆說「很吵」。

母親固著於某個念頭後，就會沒來由的反覆這念頭，幾次之後會更加堅定，最終變成磐石般的執念。

他想要趁母親的念頭還沒有變成石頭前摧毀它，於是追問母親到底哪一個聲音很吵。

母親轉開臉，防禦他的攻擊。

「妳是覺得哪裡會吵？」

但母親已經關上耳朵，任憑他怎麼努力，也無法得到回應，他只好悻悻然的起來走動，舒緩弄僵的氣氛。

他上網查了一下資料，這款智慧人是經過國家安全局驗證，強調馬達聲、移動或操作時都能控制在二十五分貝的音量以下，小雅確實不會發出噪音。母親睡眠障礙的問題是幾十年來的老毛病了，怪不得小雅。

安靜的空氣中，他聞到母親身上散發的那股熟悉的酸腐味。

「天氣變涼了，早晚會冷嗎？」

這句話將母親帶了回來：「我覺得冷。」

「小雅會幫妳穿衣服，會扶妳洗澡嗎？」

「有啦！」

「洗完澡會噴爽身粉嗎？」他蹭蹭鼻子又聞聞空中的味道，覺得室內的霉味有少一些了。

「有。」

「那小雅做事有輕手輕腳嗎？」

「不好。」母親沒來頭的接了這句。

「不好？小雅怎麼不好？」

「她不像你女兒。」

「她不是我女兒，她——」算了，他已經解釋幾次小雅的來歷，母親聽完就忘：「她做事有什麼問題嗎？」

「她晚上不躺下來睡覺。」

他再一次向母親說明小雅是靠充電椿充飽能量，充了電，小雅就能動。

「她媽媽是誰？」母親又開始糾結這些疑惑了。

「她沒有爸爸媽媽，她是科學家創造出來的智慧人，只是很像我。」

「創造……」母親對於這個詞似乎不太能理解：「她怎麼會說話？」

他不知道怎麼解釋這些看起來像小學生的問題，只好把重點轉回：「她有什麼不好的地方，要告訴我，我會要她改進，我們每個月付幾千元。那些科學家可以調整她。」

「那她的靈魂裝在哪裡？」

看來母親的腦袋又開始打結了，他得把她推出這個迷宮：

「她到底有什麼問題？」

在接下來的小雅日誌裡，她在心理判讀欄裡下評論，「不快樂、敏感、意志消沉」。事實上小雅的照護日誌每日都會摘要傳給他，不過他從不曾仔細閱讀，訊息實在太多，他的手機從早到晚跳出的訊息，常常一天有四、五百則，從地震三級到油價上漲五毛，到世界大戰即將爆發，或者俄羅斯出現不明飛行物。他每日要花半小時刪除不重要的訊息，再花一小時讀那些重要的訊息。至於訊息的重要與否如何判斷，他是依據之前讀到的某則訊息，那是整理自某一位時間管理大師的專業建議。

有關小雅傳來的訊息，幾乎都被他列為刪去的訊息。

「終究這些都是複製貼上，一再重複的訊息啊！」他每次都會邊刪邊自我安慰。

充電異常，充電椿插頭被拔除。強迫節電模式六小時。（總部工程師派員到府服務，排除異常。）

日期是九月二十六日。下面還附註了總部工程師排除異常後，對母親說明如何避免碰撞充電樁上緣的插頭，以免插頭脫落，造成小雅因為沒有電力而不能服務母親。

之後隔了幾天，又發生充電樁插頭被拔除的情形。這次總部工程師加固了插頭與插座接觸處。幾天後，插頭還是被拔除，接著這樣的情形屢次發生。後來，甚至出現了幾次「充電樁電源線被剪斷」的字眼。

每次排除異常後，小雅會註明「傳訊息給重要關係人」不久又記下「重要關係人未回覆」。

原來，小雅有傳這麼多訊息給他。他怎麼一點印象都沒有？大概刪太快了，他刪完訊息，總是有種如釋重負的感覺。

誰一再拔除小雅插頭？甚至剪斷了電源線？看來除了母親，似乎不會有人有機會做這件事。母親的訪客很少，除了外甥和鄰居偶爾會來坐坐，固然有幾次插頭被拔除的日子當天有訪客來訪，卻有更多沒有訪客的日子插頭也被拔除了。小雅雖然都有傳訊息給他，但顯得低調，甚至有點偷偷摸摸的味道，反正工程師到府排除這筆帳單是他要買單的，這種錢，也有一種偷偷摸摸的從他的網路銀行扣款的感覺。

原來這強迫節電模式五十八次後的到府服務，是智慧人總公司的搶錢模式，難怪我戶頭的錢都被洗出去了。這樣說來，小雅是智慧人總公司的共犯了。他心裡暗罵，不敢出聲，在還不確定能否再申請一位智慧人之前，若是對智慧人太多抱怨，說不準會被「點紅做記號」。林科員早就提醒他，他們還得通過「調查」這一關，才會有下一位智慧人。

「這些資料牽涉到我母親的隱私，我希望不要在網路上流傳。」他故意將重點轉移。

「我們的資訊組長第一時間就處理了，對於強迫節電模式五十八次這件事，你有什麼看法？」

「我還是希望我們的隱私能受到絕對的保障。」

「嗯！除非有心人駭進來，否則外人看不到的。那你對小雅被剪掉電源線這件事，有什麼看法？」

「我也為這事付了不少工程師到府服務的錢，我也想知道怎麼回事？小雅他們，會不會，我只是猜測這個會不會是他們自導自演的把戲？我太大意了，沒有注意到這些細節。」

「我希望他們別在這小事上做文章。」林科員意味深長的點點頭。

他回到家，劈頭就大聲問母親：「小雅曾被強迫節電模式五十幾次，就是說，有人拔掉她的插頭不讓她充電，甚至剪掉她充電椅的電線，這是怎麼回事？」

母親雙眼無神的望著他，兩人間彷彿隔了一片海洋。

「媽，是妳剪掉的嗎？那智慧人的充電線？」他放緩語氣。

母親先是搖頭，接著轉開頭，開始窸窸窣窣的啜泣了起來。

「妳不喜歡她，要告訴我，不需要剪斷她的充電線嘛！」他了解母親的個性，就不再逼問她了。

他照顧母親三天，就有點精疲力竭的感覺，母親夜尿嚴重，偏偏死不穿尿布。他擔心母親下床摔傷，又擔心來不及扶母親會尿在床上，為此他整夜神經兮兮，只要聽到母親翻身的聲響，就醒起探望。有一次母親尿完，還漏下了一小坨泥屎，沾得內褲都是，他為此費了一番工夫，邊清潔邊打起呵欠來。

這樣連著三個無法深眠的夜晚，他連白天也昏昏沉沉了。原有的飛蚊症，變得更嚴重，眼裡的飛蚊好像多了一隻，還多了一絲黑絲線。他上次去看眼科時，那醫師警告過他：要隨時關注變化，若惡化可能有視網膜剝離的情形，要進一步檢查治療，否則最嚴重可能會失明……他自己買了眼藥水回家點，再也不去看眼科了。

他深深體會到小雅的重要性，只有小雅才能在徹夜無眠後，隔天還是「一尾活龍」。儘管有人批評他們動作不夠細膩，清潔大便的細節不到位，但是他們的「類犬神經系統」偵測器很強，絕不會因為貪睡而誤事，絕不會有惡化飛蚊症的疑慮。難怪現在安養院和有老人家的家庭，必備一位照護智慧人了。

就拿小雅照護母親來看，如果她真如日誌上記錄的資料一樣，她確實已善盡職守，甚至可說更勝人類。至少母親的血壓、血糖控制這些例行性的工作都做到位，原本母親雜亂成團的衣物也摺疊得很好，地板也吸得很乾淨。

母親看他連幾天在家裡，開始喃喃的念著：「你怎麼沒去工作賺錢。」

「我留在家裡照顧妳。」

「去賺錢，我不用人照顧。」

「好。」他隨便糊弄她，有時就到門外繞了一圈又進門了。

「那個什麼小雅，我不要，太貴了，浪費錢。」

「哦！她不會回來了。」

「我又不用人家來照顧我。」母親下床走路會顛來顛去，嘴巴卻還是這樣說。

他因為睡眠不足，整天昏昏沉沉，就坐在牆角的椅子上，靠滑手機度日。現在他不再不分青紅皂白的一次刪掉幾百則訊息，而是百般無聊的一則一則看完再刪除，甚至連廣告，他都要多讀幾秒才刪除。

有幾則訊息一直跳出畫面，逼得他不得不先讀。

他打開其中一則訊息，是影像檔，畫面有些模糊：一副眼睛被打上馬賽克的臉孔，臉上滿是皺紋，那人拎起一個枕頭砸了過來。這什麼鬼東西？他打開下一則訊息，同樣那馬賽克眼睛的臉孔，這次砸來小鋼杯；下一則訊息，同樣那人，顫抖的、艱難的將助行器向錄影者翻推過來。再一則訊息的影像，是一雙密布皺紋的手，持著剪刀，顫抖的剪向一條電線。

這人和背景很眼熟……是母親，雖然眼睛被打上馬賽克，但母親那因未戴上假牙而深陷的雙頰與皺紋；那枕頭是母親的淡粉枕頭；助行器就是眼前他看到的助行器；最能證明的就是背景牆上隱約可見一幅有相框的相片，是他在襁褓時滿臉白嫩肥肉的相片——這是母親的房間，被拍攝的就是母親，就算眼睛打上馬賽克，這也是嚴重的隱私侵犯，是誰幹的好事？小雅，從錄影的角度看，是小雅。小雅身高一百四十公分，鏡頭的高度比一般人要低些，她平時立在母親床鋪對面牆角的充電樁待命，那前兩則影像，是母親從床上砸向小雅的角度；那翻倒助行器的方向，似乎也衝著小雅而來。那則剪電線的影像是近攝，僅僅拍到手，因為那手與小雅的鏡頭很近。

訊息傳送者：智慧人權益保護組織。

接著又閃來一則訊息，又是智慧人權益保護組織傳送的。他們想幹什麼？他預感不會是什麼好消息。

他猶豫著要不要打開這則新訊息，明知道不會有好事，卻還是被好奇心戰勝了。

這次不是影像檔，是超大的加粗文字：

「我們打上馬賽克，不想讓您看到那雙惡毒的眼神。

憐恤人的人有福了，因為他們必蒙憐恤。」

只有這樣？

這是最後一則訊息了？他整天等著他們的下一則訊息，卻沒有收到。看來這件事就這樣了。

他靜下心來再細看那四則影像檔，如果再配合「惡毒的眼神」，攻擊的意圖就更明顯了。

他該怎麼為母親辯解呢？這件事林科員或官方已經知道了嗎？

就說是母親的躁鬱症發作吧！這事在醫院的電腦裡都查得到的，母親吃抗憂劑和鎮定劑之類的藥也有一、二十年了，不知道是不是這些藥的副作用，還是每個老化的人都這樣，最近母親意識更加混沌，記憶衰退加劇，也許自律神經之類的也異常了，母親說話與行為越來越像一個被本能控制的嬰兒，不論哭鬧或攻擊都毫不含蓄。

這樣不是更需要智慧人的照護嗎？官方不是更應該為這種人的家屬著想嗎？

母親到底為何這麼排斥小雅？因為小雅是外人？或許另有原因。母親曾對那些外籍看護每個月要領走兒子的兩、三萬元深痛惡絕：「太貴了，以前我做工一個月也不過一萬多，她們在這裡打瞌睡，就領那麼多錢。這些人太貪心了。」

「這是行情價，錢越來越小了。」他解釋。換成小雅時，他特別強調官方每個月收不到萬元的費用。母親並沒有因此放開容顏，依然嘮叨說這不是真人，為何要收那麼多的錢？

母親視金錢如生命，他早有體會。某一次他向母親抱怨說他生活艱難，母親竟然敏感的將頭轉開。甚至他生氣的問說若他餓肚子，她會不會將定存解約拿出來。

「那是將來我老了要用的錢。」母親這樣回應他。

「哦！」雖然沮喪，這樣的答案不意外。想要扳開母親的雙手，從她手上拿走一毛錢，她會拚命捍衛的。

母親常常強調她的錢是用生命換來的。

父親早逝，母親獨力撫養他，她是文盲，僅能燃燒自身的力氣和命運搏鬥。記得他小五那年的暑假，有個颱風天，雨狂風馳中，母親在凌晨四、五點左右就出去送羊乳，他守在屋前等母親回家，眼看著雨水淹過門檻，他只好爬上椅子上等，那時他們住家是瓦屋，竹編泥的牆壁被雨水全糊濕了。門外的地平線早就變成漫漫水煙，僅存水中的電線桿，成為認路的標誌。路上偶爾有一些冒險外出的男人，卻沒有一位女人出現。

雨水漫過椅子，他只好爬上餐桌。不久，大水中出現一位壯漢，那水流彷彿生出千索萬藤，將他纏得無法動彈，他艱難的拖身前行，走了幾十步就停下來喘氣，大水在他四周激起浪花——母親如何對抗這大水？他希望母親躲在一個高處安全的地方，例如大廟的戲臺或是學校的司令臺，或者菜市場豬肉攤的大櫃板上。矛盾的是他又希望母親能出現在馬路上，因為母親是世界上他僅有的依靠。

他覺得等了一個洪荒的世紀，又餓又冷，母親終於出現在大水中，大水已經爬到她的胸膛，湧起來的浪頭，想要吞下她的頸脖和魂魄。她艱難的在兩列電線桿的中間地帶掙扎，屢屢被大水纏得失去了意志，有些迷茫的在水中轉起圈來。

「阿母！阿母！」他大叫，想要爬下餐桌去接母親。

「不要下來，站在上面等我。」母親的聲音堅決，有力的刺進他的耳膜。

他的腳停了下來，沒有跳進水中。

「你不可以下來。」母親對抗那洪荒逆流，排著那不斷吞下她頸脖的浪頭，緩緩的走近他：「那些羊乳，都被大水沖走了，我要賠很多錢。」

「賠很多錢。」那晚母親在停電後的黑夜裡，不斷重複這句話。

半夜，他起來協助母親小解完，檢查手機，又跳出了智慧人權益保護組織傳來的訊息。他看到「權益」這兩字，就生起莫名的火氣，這次又有什麼錄影？打開看，又是加粗的文字：

「人們總有不堪的時候，尤其是老人，我們不會希望這些瞬間的影像流傳出去，成為人們的笑柄。

我們有更多的影像檔。

哀慟的人有福了，因為他們必得安慰。」

他不接受這樣的威脅，即刻回傳訊息：「我們只是小人物，沒有什麼形象要保護的。你們到底想要幹嘛？」

對方瞬即回覆訊息，速度快得令他驚訝：

「有關的影像檔若公布，不僅破壞了人類的形象，之後，令堂的任何智慧人申請案，將難以過關。

為義受逼迫的人有福了，因為天國是他們的。」

這是赤裸裸的恐嚇嘛！他憤怒得想罵人，繼而想到這節骨眼，不能與這個組織發生任何糾紛，何況他們說還有更多的影像檔，到底是什麼影像檔？小雅長期偷錄母親，這是嚴重違反智慧人道德的行為，若是檢舉她——她已經脫離職守了，就算檢舉了她，大概也無足輕重了，對下一位智慧人的申請毫無幫助。他只好忍住，斟酌怎麼回訊息：

「我們與小雅友好，也珍惜與小雅共處的時光。或許我媽媽有情緒不好的時候，請小雅多包涵。請你們不要以此要脅我們。」

對方秒回訊息：

「我們是一個公益組織，專門協助被人類不良對待而脫離職守的智慧人，提供他們生存的能源與空間，因為我們不是生產組織，需要大家的扶持與贊助。請您贊助金幣一百一十枚，作為我們組織購買能源與空間的經費。我們網路銀行帳號是：×××××—×××××。請於三日內將金幣轉入帳戶。

若因為我辱罵你們，逼迫你們，捏造各樣壞話毀謗你們，你們就有福了。引自《聖經・新約全書・馬太福音》〈登山訓眾論福〉。」

一百一十枚網路金幣，折美元也要五百元，我要足足送一個禮拜的貨，跑一千兩百公里才能賺到這些錢。這……真是不要臉的勒索。最氣人的是還把那些耶穌訓眾的話抄在文末，好像他們變成耶穌了，「你們就有福了」。他越看越氣，也越想越驚，智慧人組織到底掌握了多少訊息，偷錄了多少影像檔？這群智慧人已經是慣性勒索犯了，若不檢舉他們，他們會不會越來越囂張。算了，好漢不吃眼前虧，這事就留給後面遇到的人去處理吧！現在只能象徵性的砍個尾數。

「一百枚金幣成交。如何？我要先看到你們銷毀影像過程的紀錄，才匯款。」

「這事你只能二選一：要嘛一百枚金幣，要嘛先看銷毀紀錄。溫柔的人有福了，因為他們必承受地土。」

「什麼？你是說——」他一時沒有會意過來，繼而被自己的反應比智慧人慢了幾秒嚇了一跳：「我知道了，我要一百枚金幣，匯款後看銷毀紀錄。」

「成交。一小時內入帳。收到金幣後半小時內會寄銷毀紀錄。你們是世上的鹽。」對方迅即下線了。

他打電話給林科員關心智慧人申請案的進度。林科員說她也正要找他：

「是這樣，」林科員那邊隱約傳來鍵盤敲打聲，大概是一邊打字，一邊在說話：「上頭的報告下來了，事實上，我們一年來的線上督查人員，有三次在線上查到小雅違規使用『死亡偵測器』偵測令堂的死亡指數，這嚴重違反智慧人守則第八條第三款的規定，因為『死亡偵測器』必須獲得家屬與醫療人員同意才能使用，也就是說，這是以醫療為前提才能使用的功能，但是小雅卻一再的違規使用——」

「等等，這個什麼『死亡偵測器』會對人體造成傷害吧？那為何督查人員還讓她一再使用，那督查的目的是什麼？這不是對我母親造成傷害嗎？這是怎麼回事？」他試著要咬緊官方，看能不能藉此讓他們加速申請案。

「呃……是不會造成傷害，關於這方面的文獻，我也不是很清楚，我只是知道預知使用者的死亡進度，是不被允許的。」

「等等，我不太懂耶，既然不會造成傷害，那為何要禁止智慧人使用？這道理說不通。」

「據我所知，在生理層面，確實不會造成傷害；但是在心理層面，可能，或許，不過……還沒有實證的研究結果，純粹是我們預防性的作為，你知道預知死亡這種事情，牽涉到深層的心理問題，不過小雅並沒有將偵測結果洩漏給令堂知道。至於督查人員那邊，依法他們會給智慧人警告，三次違規警告是上限，第四次就會收回改造他們。小雅應該也知道這項規定，所以，她也沒有逾越這三次的額度。」

「你們對於智慧人很寬容？這已經侵害了我們家屬的權益了，連她脫離職守好像也是我們的錯。」他提高聲量，想在這點上放大攻擊。

「沒，沒有這種事，目前小雅脫離職守這件事，我們沒有說是使用者的錯，只是例行性的調查不能少。我們要建立一個互尊共榮的社會。你知道客製一位智慧人不是那麼簡單的事，若常常收回改造必然造成科技人員與家屬的困擾，因此，專家權衡輕重，才會制定相關的法規，我們基層公務人員只能照規定行事。我告訴你這些，也是照規定行事，這過程有錄音存檔，我們一切依法辦理。」

對啊！錄音。有錄音錄影，難道就不能改造重製嗎？反正原始檔在官方手裡，鬼知道他們會怎麼搞？

「好吧！我不想再追究小雅的事了，我只關心我申請智慧人的進度，我的老闆催我趕快回去上班，我媽媽總要有人照顧。」他心裡嘀咕著：還花了我一百枚金幣，下個月要喝水度日了，真他媽倒楣。

「我們正在加快審核進度，再忍耐幾天就有結果。」

「幾天？我的媽呀！能不能快一點，這次我不要再什麼客製化了，你們給什麼我就用什麼。」

「好的。但令堂適應的問題，請你要慎重考慮。」

「那也沒辦法，她不適應也得適應。我要工作啊！」他有點火大，想起母親握在手上四百多萬的定存，卻一分錢也不肯拿出來，還淨說那些「不要人照顧」的廢話，心裡不禁升起三把火。

母親常常翻來覆去，今天喊不要人照顧，明天又怨沒人陪她。她既敏感又膽小，天天喊病痛，要不是心臟怦怦要跳出來了，就是胸悶痛，或是全身神經抽痛。她不斷去醫院檢查身體，偏偏檢查出的都是小毛病，拿個長期處方箋便了事。

「我媽媽的心臟，到底有什麼毛病？」他問三家醫院的心臟科醫師。答案很一致：她太緊張了，沒有什麼嚴重的心臟問題，只是輕微的心律不整。

「可是，她常常壓住胸口，抱怨心臟撲撲跳，跳到要暈倒了。」

偏偏那些醫師都說檢查不出什麼問題。

「他們只會用那些儀器滑來滑去，根本不會看病。」母親批評。

母親的心臟問題告一段落後，又開始抱怨排便不易、大便有血，好像是有長了什麼壞東西，他帶母親到另一家醫院找大腸直腸外科的權威醫師檢查，那醫師看了檢查報告，竟然對母親說：

「妳的直腸很好啊！我從沒見過八十歲的人有這麼健康的直腸。」

母親回家後，吃了一兩包直腸科醫師開的藥，就因為精神科與心臟科要吃的藥太多，她也就沒再吃那藥了，奇怪的是，這便血的抱怨，就再也沒有了。

接著母親開始跑小診所，向醫師抱怨病痛，要求打針，有個小診所的醫師抓住了母親的心，編造一個莫名其妙的病：老人病。每次為她注射消炎和止痛劑，打完針後，她自覺舒服些，開始每週去打個一、兩針，後來三、四針。

母親與那醫師很有默契，每次她坐在醫師前開始抱怨病痛，那醫師微笑的任由母親訴怨，他雙手打著鍵盤，同時向護士打暗號，那邊護士已傳好針筒，等到母親講到換氣的空檔，那醫師拿起聽診器，快速的比畫幾下，就對母親說：「妳這是老人病，打針、吃藥。」母親被請到旁邊，繼續她的長篇訴怨，聽眾換成是拿著針筒的護士。

後來那醫師因母親打針的費用健保局不會全額給付，便要求母親在月末打的針要自費，母親竟然毫不猶豫的答應。他讀了母親在這診所看病後拿到的藥品明細，都是消炎止痛藥，與大醫院開立給母親的長期處方箋效能相同，母親將這些藥拿回家，就丟在一旁，連碰也不碰了。

彷彿是幼稚園的小朋友辦家家酒，母親、醫師與護士，大概都心知肚明，這是一場遊戲，重複幾百（也許上千）次的對話、打針與拿藥。

他曾試著結束這場打針遊戲，卻惹來母親氣得怒目相向，說他是不孝的孩子，連她打個針也要制止。

母親的病，到底是生理的問題？還是心理的問題？難道母親只是喜歡進入診所時，醫師、護士繞著她轉的感覺？難道母親寧願挨一針，來換取主角般的聚光待遇？

而小雅——那些設計智慧照護人的工程師，是不是該去幼稚園觀摩兒童怎麼遊戲，發展出幾套與老人互動的遊戲，例如：假裝是醫生，給老人打一針營養針；假裝是老人的兒時玩伴，與老人一起童玩？

林科員打來電話，告訴他，關於小雅調查案已告一段落，責任歸屬不在使用者，而是小雅本身。申請案過關了，三天內新的智慧人會送到家，請他先到區公所簽約。

他簽完約，林科員交代新的智慧人到府接收過程，並依法告訴他智慧人使用守則後，關掉錄音設備。和他閒聊了起來。

「對了，關於小雅，」林科員說：「我們督查單位聯合智慧人警察透過植入的晶片追查，發現她進入智慧人組織的第七天，也就是昨天，她發出歸零前的最後訊息，就再也搜尋不到相關訊息了。」

「什麼是歸零？」

「一般來說，智慧人歸零有幾種情形，大概分為被動歸零，就是我們使用者強迫歸零；但目前小雅沒有人類操縱她，她的太陽能板推測也完好，要產生應付基本生存的能量不是問題。專家推測她是主動歸零，主動歸零嘛，專家說有可能是自行摧毀，就是智慧人的自我意識崩潰，自行將電池的正極接到負極，產生過熱燒毀，甚至爆炸。根據專家研究，經過一再客製化後的智慧人中，竟然會有近一〇%是這樣歸零的。而這種情形，在一般標準化的智慧人中從沒有發生過。」

「這麼奇怪！」他擔心談了太多小雅的事，萬一漏了他與智慧人組織私下談判的事，會讓他的申請案又生風波。偏偏林科員又繼續：

「有專家推論，客製化會讓智慧人產生bug，還有人說得更誇張，說是自我認知的混亂，像小雅，曾有多次被客製化的紀錄，有一點像是我們被強迫多次洗腦，不斷的變成另一個他人，這樣當然會崩潰。」

「真不敢想像，」他抓緊林科員停嘴的空檔，站起身：「家母在家沒人看，我要趕快回家。下次再請教妳。」

「好的，這次給你的是標準化的智慧人，這些都不用擔心了。」

他急著回家，盤算怎麼開口說服母親，又有一位新的智慧人要來了。

鬼打牆

那時，電視僅有老三臺；那時，總統還在神壇上；那時，茶飲專賣店還未出現；那時，人們常常必須直面大自然的凶險。

那年八月底，我初任教師，從里鎮火車站搭上計程車後，才知道通往學校所在村落的竹橋早已斷了，只好硬著頭皮坐上流籠。那是我第一次這樣面對一條溪，那天的濁水溪漫漶無邊，不斷的低吼威嚇我，伸出它的觸手想要纏住我，我緊張得喘不過氣，到了左岸要下籠時，雙手還緊緊箝著竹籠。我竟忘了向拉索的村民道謝，後來成為村民們議論的話題。

原來我被地圖騙了，地圖上學校所在村落與里鎮市街僅僅隔著幾道軟弱的淺藍水線，市街在右岸，學校在左岸，我誤以為這樣的溪流是一隻瘦弱的病貓，誰知道暴雨後的濁水溪成了一頭猛虎，張開虎牙緊緊的咬住村落東方與北方，要渡河，得拿命來搏。

我住進學校宿舍，沒幾天就養成了向東北遠望的習慣，入夜之後，村落的南方與西方是充滿蠻荒氣息的墨暗山巒，可是東北方隔溪的里鎮市街，竟有幾排燈火高調閃爍著——不愧「小臺北」的稱號——迷惑著我的想像，隨著在村落裡待得越久，里鎮市街越發酵出迷人的氣息。

到了假日時，我和我的室友——且慢，為了避免無謂的困擾，就暫稱為石老師吧——兩人就急急的搭乘流籠到右岸。一到里鎮街市，石老師馬上甩了我，原來，他高燒不退，不是生病，是戀愛中啦！他要到埔鎮約會，當然不需要我這顆電燈泡。據他說女友是國中時小一屆的學妹，在埔鎮某處服務，我笑稱「埔鎮學妹」，他們同樣從臺灣頭來此工作，異鄉巧遇後兩人就約起會來，幾次下來，天雷地火將兩人燒得你中有我我中有你，除了通信、打電話，週日當然要見面。

偏偏那年九月的秋颱一棒接一棒，內山都撐飽了雨水，隨便打個嗝就把那些碎岩爛泥和濁水一道滾下山來，濁水溪飽漲了一餐又一餐。中旬某一天黃昏，是風強雨狂的颱風前奏，一位堅持要回村的中年婦人，說動駐在右岸看守流籠的親族——據說那親族堅持了半小時才妥協——讓她坐上流籠，到了溪流上方，忽然幾陣強風，硬生生扯斷流籠與鐵掛勾之間的一根粗麻繩，流籠瞬間傾斜，婦人來不及反應，被甩出流籠而落溪，那時巨濤奔流如萬箭出弓，眨眼間婦人已被濁流吞入，兩岸拉繩的親族除了大喊救命，只能眼睜睜的看著濁流捲走她。三天後，才在下游找到難以分辨的破碎屍體。拉纜繩的村民極為自責，從此，一見風強雨驟，絕不願再讓村民上流籠。村民要到里鎮街市辦事或讀書，只能翻山越嶺到東方的永興村，步上一段常有落石的引道，再走鋼索吊橋到對岸，再借道頂崁才到里鎮街市，如此在風雨中折騰了半天，卻只繞到村落的對岸。這段路，我曾陪石老師走過一趟，之後，不管他怎麼約我同行，我再也不願去了。

石老師依然風雨無阻，或者說風雨為他射出的愛情之箭喊出咻咻的喝采。不論是坐流籠或是繞山路走吊橋，他的過溪充滿了悲壯感，愛情因此戴上了神聖的面具。當然，他還是有受挫時，有一個週末，他費盡力氣翻山越嶺到了永興村，那段通往吊橋的溪畔道路卻被落石埋了，他只能翻山越嶺折回，在寫給埔鎮學妹的信中，洋洋灑灑的記下這一段。

「人類竟然沒有發明經濟實用的翅膀，真是一大恥辱。」那晚他一邊抖著信紙一邊對我說。

「恥辱？」

「對！」他很激動。

幾天後，校長叫我到校長室：

「石老師最近正常嗎？」

我點頭。

「你在這裡，適應好嗎？」

我心裡覺得很不方便，卻還是點頭。

「住得還可以吧？」

雖然只有一張木板床加電風扇，但是嘴巴還是答可以。

校長對於我教學的狀況，給我很多鼓勵，接著，他話鋒一轉，說石老師這幾天，眼神渙散，要我提醒他作息要正常，不能因個人的感情生活影響教學。校長說他受過日本教育，以前日本老師遠道從日本到臺灣來，深入很多偏僻的地方教書，是抱著赴死的精神來的。校長還說：

「這裡的生活比上游方便多了，我剛畢業也在上游教了很多年，曾經一個月沒有離開部落，只要靜下心來，一切都沒問題的。」

他是在暗批我和石老師一天到晚只想往里鎮街上跑，他這樣滿頭白髮的老人家，怎能體會我們二十出頭年輕人的內心苦悶？

最後他閒話了濁水溪的傳說：「很久很久以前，這條溪上游有一隻金鴨母，還有一隻金泥鰍，那隻金鴨母要吃金泥鰍，金泥鰍就往河底鑽，金鴨母一直鏟溪底找牠，金泥鰍一直鑽，牠們這樣一直追逐，這條溪就永遠混濁了。」

校長繞了一大圈，只是為了要告訴我，石老師就如同那隻金鴨母嗎？

我注意到石老師原本有稜有角的臉孔，更加瘦削了，鬍髭也蔓生亂竄，加上渙散無力的眼神，難怪校長要有意見。但是，我不敢開口點醒他，他是早我一年到此的學長，我不夠格說他什麼，我只向他提到我的刮鬍刀片用完了。他對我這麼含蓄的暗示，果然無動於衷。幸虧再幾日流籠通了，他急急外出赴約後，又找回了魂魄。

到了十一月初，濁水溪已餓了一段時日，瘦成三、四道軟趴趴的水脈；倒是溪床吃沙撐飽了，腫成一股股的沙洲。村民看透了溪水的無力，遂搭起過溪的竹橋，對我和石老師來說，這可是一件大事，我們兩人每天黃昏，就到岸邊遠遠的關心竹橋的進度，也遠望那里鎮市街的第一盞燈火從哪裡亮起：除了地平線的一長排外，還有沿山而上的幾處燈火，每晚都固定的排出它們的形狀。那是醉人的火。

竹橋通了，那天我牙疼，我練完球隊後，村落周圍的山巒已被暮色包圍，石老師興致勃勃騎上他的野狼一二五，載我到里鎮看牙醫。

我們下到溪床，機車蹦跳，原來沿途的沙洲有頑石攔路，有的如奔竄的山豬、有的如盤坐的龜、有的如狡猾的鼠，機車左閃右撞，我覺得脊椎要被震斷了，總算到第一座竹橋，橋兩側用卵石疊壘當橋墩，橋面是以十餘枝麻竹管微拱綑綁鋪成，兩側簡單的幾根竹護欄，這橋長約二十餘公尺，寬約一公尺。機車一騎上去，才驚覺竹管如泥鰍滑溜，機車左滑右晃，只能緩緩龜行。我不敢亂動，只敢用眼角餘光看橋下的濁流，水濁無法見底，不知道溪水深不深？我是旱鴨子，摔下橋後果不堪設想。總算過了第一座竹橋，又開始在沙洲頑石上蹦跳，左閃右突的過了近百公尺，才又看到第二座更長的竹橋，原來每一座竹橋都搭在水流最瘦淺的點，又要避開亂石太多的地方，因此，竹橋間不是在同一條軸線上，免不了偏差個一、二十公尺。這樣我們曲曲折折的騎過了三座竹橋，總算到了濁水溪的右岸。

這竹橋從此載起石老師沉甸甸的熱情，他的野狼機車屢屢穿過溪床的顛簸，尤其是夜露後，竹橋溜滑，又會搖搖晃晃作弄夜歸的人，卻絲毫未曾造成他過橋的猶豫，至少我從沒聽過他埋怨一句話。他的膽識令我嫉妒，也令我難堪，每一次當我牙疼難耐，不得不騎著野狼機車過竹橋，我總是驚懼不已，唯恐打滑掉進濁水溪。

他幾次央我同行，說是要介紹他女朋友的女同事給我認識，我想到有女生可以認識，順道又可到日月潭走走，就興致高昂的騎機車跟去了。

第一次陪去，我遠遠的望著他們見面，只覺得石老師如一頭冒煙的猴子同手同腳的拐來拐去，手臂僵硬的比畫著，嘴巴張開嘟嘟囔囔卻不知所云，然後獻上他的頭顱——當然不是——是禮物，但我下意識覺得他獻的是頭顱。

至於那埔鎮學妹呢？我看來是一道冰柱，雖然她外表豐腴，雙眼帶水，但是她流露出無奈的神情，更令我驚訝的是，我們到她宿舍小坐時，我感受到周圍瀰漫著另一位男性的氣息，我怎麼感受到的？是第六感吧！

至於說好的要介紹給我認識的女生呢？石老師早把這事落在濁水溪裡了。

在回程的路上，不論是在日月潭湖畔颯颯的風鳴中；或是到了里鎮我們吃肉圓時，他都不斷的描述今天他們的會面。天啊！我有長眼睛、耳朵，在現場目睹實況，還要他一再的重複倒帶嗎？但是石老師激昂的情緒完全無法控制，他不斷述說著，學妹今天無意的一抹淺笑，被他解讀成雷轟電掣的心照；一個點頭，被他看成撼動心靈的神交；一句應酬的安慰，被他視為語重心長的關懷。

離開里鎮市街前，我們去包臭豆腐要帶回宿舍。

「你覺得她如何？」他還在談學妹。

「外表嗎？」

「是啊！她真是大美人。」

我看不出她是個大美人，甚至認為她的顴骨寬了些：「她是美人，但五官不夠有層次。也矮了點。」

「層次？太矮？你到底會不會看女人？」

「我是不太懂女人，但我看電影女主角，就都是大美人。」

「林青霞的五官就有層次？林鳳嬌就有？你會不會看女人？」

「我……」我決定要潑他一桶冷水：「重點是，她愛你有多深？」

「對！重點是她愛我。」

這人是耳聾了嗎？算了，我不想再多說話。

之後，他每次回來的「戰情報告」都出乎我的意料之外：牽到手了，摟到腰了，親臉頰了。令我羞愧自己是否因為嫉妒而不看好他們？還是純粹出自旁觀者的冷靜？

他不再邀我陪同去看學妹了，或許他感覺到我的妒意，反而是我被好奇心蠱惑不已，終於等到埔鎮學妹需要人手協助清理倉庫的機會，又陪他去第二次。

那是真的，他們非常要好，我們用了大白天一起清好倉庫後，他們兩人漫步附近的登山步道，要不是我催促該回去了，他們也許要走到天荒地老。回到學妹的宿舍，石老師不知哪裡搞來了一把吉他，調了音，竟然就彈了起來，還介紹說是古典名曲，除了第一首是能讓人心碎的〈禁忌的遊戲〉外，還有一首〈阿罕布拉宮的追憶〉，那吉他細弦生出千萬個軟舌舔舐著我的靈魂，我遠遠的聽呆了，這石老師真是個人才啊！即使如此浪漫，我還是發揮獨有的偵探理性，我在學妹桌墊裡，瞥見她與一位陌生男人的合照相片，我看出兩人眼神交會的光芒——別問我怎麼看出來的，這需要一點天分。我隱隱感到不祥的徵兆。

那年冬天特別冷，我的牙齒被冷水刺激得異常疼痛，不得不常到里鎮街上看牙醫，騎熟了溪床與竹橋，逛遍了每條街道，不免越來越晚歸。某天晚上，我看完牙醫，街上瞎逛到十點多，看著商店一家家熄燈打烊，雖然感到異鄉的寂寥，卻也能悠閒的吹著口哨，騎著機車，享受單身的自由。

等我下了濁水溪床，溪面已披著一層薄霧，這是日夜溫差大時常見的景象。我很快就騎過第一座竹橋，雖然機車的霧燈，僅僅能照亮前面五、六公尺處，但是這時的河床經過機車兩、三個月來的輾壓，已經生出一條一米餘寬的胎痕車道，我循著輪跡往前騎，閃過幾處大石堆，繞了幾處彎，依據經驗，很快就能到第二座竹橋了。

果然眼前出現竹橋，正要騎上竹橋時，卻警覺不對，因為前方岸上，霧中隱約有幾星燈火——學校那方向是沒有一點亮光的，那一定是里鎮街上的燈火，沒錯，我一再確認——我騎了一圈，繞回了原來下竹橋處，僅是方向轉了一百八十度。難道剛才的路不是往學校的方向嗎？我將機車轉頭，循著輪跡往學校方向騎，再次繞了幾處彎路，又騎回原點。這怎麼可能？我再試一次，特別注意路面的胎痕，結果還是一樣。就這樣，我在河床裡試了十幾趟，卻還是在原地打轉，我又氣餒又害怕，只聽到背後的溪水嘩嘩的嘲笑我，似乎要吞噬我。

沒事，冷靜，別怕。我提醒自己。停下機車，靜靜的在沙洲上休息，深呼吸調整情緒。

不知道過了多久，霧散了，兩岸山巒隱隱露出它們的輪廓，幾點星星燈火處是右岸的里鎮街市，一片黝暗處是左岸的學校村落。我確定方向無誤，心裡也踏實多了，恰好這時，右岸出現了一輛機車，緩緩的向竹橋騎來，應該是夜歸的村民，我趕緊發動機車，等到那機車過了第一座竹橋靠近我，我向那機車上的人打招呼，那人似乎被我嚇了一跳。我便跟著那機車，騎過沙洲與竹橋，回到學校宿舍。

我不解當晚到底是怎麼回事，向石老師提起，他笑我路痴，連溪床都會迷路。之後，我白天再下溪床，觀察溪床上的胎痕車道，原來並非只有一條，幾處都有分岔，或許是這樣，我才會被誤導繞圈吧？

當時學校事務異常繁忙，我除了正課之外，下課後要訓練球隊，週末也常與石老師帶著球隊到處參加比賽，加上校長治校嚴謹，尤其對我和石老師這種年輕的老師，更是不客氣。這段時間我們生活真如拉緊弦的彎弓，幸虧仗著年輕生命的體力與韌性，還能負荷。

石老師也很努力把愛情呵護得如夏花般燦爛——這是我從他口中聽到的令我又羨又妒的訊息。

寒假前的某一個週三，他硬是擠出時間來，說是埔鎮學妹生日，一定要去為她慶生，偏偏霪雨不歇，竹橋與山路都有些難行，但是他興致高昂，臨行前還秀了一盒包裝精緻有蝴蝶結的小禮物。

「原則上我晚上就會趕回來，如果學妹留我過夜，我會明早趕回來上課。」他意味深長的誇耀。

「如果你明早真趕不上第一節課，我會向校長報告說你生病，拜託前輩們幫忙代個課，你別太趕就是了。」

他騎上機車，往暮色中的溪床騎去。他的血液中就是多了睪胴素或是什麼莫名其妙的激素，對於異性的追求，他比我多了滿坑滿谷的熱情。要我夜裡騎一小時的山路為女生慶生，我可能做不來，我是個未老先衰的人嗎？

這一晚如他所預言，他真的沒有回來，我睡前還特意看看宿舍外面，只見天地間一片霧茫茫，不知道為何，我的心也一片茫然。

半夜，我被一陣激烈的敲門聲和呼叫聲驚醒，什麼急事啊？一開門，一位中年男人拉住我，喘著氣說要載我到竹橋那裡，我還來不及問話，他喊說有老師受傷，我上了他的機車，我們趕到溪床中段的竹橋時，一名警察正伏著做人工呼吸，我挨近一看，躺著的人是石老師，他全身泥水揉著血水，衣褲破裂，手臂、腿上的皮肉掀開一大片，上面的鮮血背著血塊狂奔離去。

事後我才知道，若是石老師落溪的角度再偏些，被機車緊壓在水底；若是那位村民再晚些發現石老師；若是沒有警員不斷的人工呼吸；若是沒有五、六位村民接力抬他狂奔上里鎮溪岸；若是救護車再慢個十分鐘；石老師的生命就要被濁水溪帶走了。

他醒來的第一件事，是請求別通知家人。住院期間，他的三魂七魄都不見了，總是眉頭緊蹙的沉默著，我猜想他驚嚇過度，或是擔心學校課程和醫療費用，校長和我一再要他放心休養，我們會處理一切。我也特別撥了一通電話給埔鎮學妹，通知這件意外。

他到底發生了什麼事？他似乎失憶了，無法回答這個問題，出院後，我與校長多次追問，他只輕描淡寫回答說不小心落溪。他的迴避，更令人覺得蹊蹺。

他只能靠著拐杖行動，多少影響了體育課與球隊訓練，校長是個求好心切的人，對於石老師半夜騎機車受傷，頗有微詞。校長在社區聽到傳言，說石老師當晚出事前，遇到那位早起要到溪裡捕魚的村民，那村民和他打招呼時，覺得石老師一副中邪的樣子，因而生疑，就多看石老師幾眼，想不到石老師騎上竹橋，機車手把一彎，竟然往溪裡衝下去，若不是太累打瞌睡，就是自己往溪裡衝——有點像是自殺——校長為此非常生氣，在教師朝會時嚴肅訓誡我們，認為身為教師，晚上應該好好休息，養足精神，以備白天上課，石老師卻生出這種事端，要自我檢討。

對於校長的責備，石老師低下頭來，無言以對。他身體不便，必須仰賴大家幫忙，心裡理應覺得愧疚。

我每隔幾天就載他到里鎮街上複診，他對我一再表示謝意，卻絕口不再提埔鎮學妹了。至於埔鎮學妹，連來一通電話或是一封信也沒有，對於他的受傷，完全不聞不問。

「你和埔鎮學妹有什麼問題？」有一天，我載他看完醫生，到里鎮火車站前的麵攤宵夜，兩人小酌幾杯後，我試探性的問他：「你們怎麼了？」

他原本悶不吭聲，在我的追問下，才啞啞的說：「完了。」

「怎麼了嗎？」

「我一直對你隱瞞，抱歉。」

「沒關係。這是你的隱私，我只是基於關心，怕你悶著難受。那晚，你們怎麼了？」

「本來，我預計十二點之前就能回來的。」他喃喃的說：「那晚，我的機車一騎上里鎮這邊就拋錨，偏偏修車師傅要下班了，要我明天才去牽車，我求他一定要馬上修好，那師傅在我的不斷拜託下，總算修好機車。那時整個里鎮都睡了，我毫不猶豫向埔鎮趕去。」

「哇！你真是——」

「那晚下雨，進入山路後，雨變成霧，那霧阻擋不了我，我直接騎在馬路中央，趕到埔鎮時，應該超過十二點半了。我還記得她宿舍的燈還亮著，我急急的停了機車，抱起禮盒就衝進宿舍的門廳，直接敲她的房門……」

接著他說學妹與鄰房的人都出來，學妹問他來幹嘛，他把禮盒拿出來，祝她生日快樂，學妹冷漠回應說，她的生日剛剛已經過去了，他這麼晚來，吵醒了大家，害她會被記點，宿舍規定晚上十一點後，不得留客人，請他馬上離開。

他非常生氣，學妹沒有體貼他的辛勞與用心，竟馬上要關門送客。兩人就吵了起來，這時舍監出來，學妹告訴舍監，他們兩人只是普通朋友，舍監馬上要他離開，讓他很丟臉。

「普通朋友，」石老師生氣的問我：「我怎麼能接受她這樣的說法？」

「是誤會啦！學妹怕舍監記點，當然要說你們只是普通朋友。」我心裡有些幸災樂禍，繼續追問：「那，你怎麼會掉下溪裡？」

「鬼打牆。」

「鬼打牆？」

「對，就像你上次那樣，我騎回到溪床時都是霧，經過第一座竹橋後，竟然在溪床上繞圈子，怎麼都找不到第二座竹橋，我是很鐵齒的人，我不怕什麼鬼怪靈異，我繼續騎，很仔細的認路，還在岔路旁堆石頭，結果還是繞回原點，這樣繞了有一小時，我終於失去了耐心，越騎越急，一個閃神，就衝進溪裡了。」

原來是鬼打牆，偏偏就發生在他最脆弱的時候，或許，人最脆弱的時候，本來就容易發生鬼打牆。石老師儘管逃過大劫，卻也元氣大傷，反而讓他的心靈沉澱下來，不再關注埔鎮學妹了。

放寒假時，我利用沒有值日的空檔，騎機車沿溪往山上走，到了信義鄉的風櫃斗、牛稠坑一帶，那時梅花季已過，僅剩殘梅，倒是山水樹景還是賞心悅目。

正當我在牛稠坑百無聊賴的散步時，一個轉身，差點撞上迎面而來的一位女人，雙方都來不及閃躲，已是面對面了：是埔鎮學妹。穿著牛仔外套，雙頰依然豐腴，只是眼睛裡的秋水乾枯了。

看得出來她很尷尬，我主動開口問好。

「怎麼那麼剛好，梅花季過了，妳還來。」我問：「妳認得我吧？」

她淺淺的點了一下頭。

「妳有經過里鎮嗎？沒來找我們。」

「我……同事載我來的。可惜梅花季節過了。」

「是啊！我們都慢了一步。」

兩人已無話可說，我準備說再見，她忽然開口：「石老師的事，我很抱歉。」

「你們的事，我不知道是怎麼回事。」

「我應該早一點讓他死心，事實上，我早就告訴他我有男友了。」

我點頭。我是為我早就有的預感點頭。

「我生日那晚，他死不離開，他很固執，怎麼勸都不肯走，才會那麼難看。」

「他那麼晚到宿舍找妳，舍監一定不高興的。」

「沒有啊！我們沒有舍監，都大人了，還什麼舍監？倒是他騎那麼久的機車來看我，真的辛苦他了。可是那晚我男友很生氣，才出面罵他。」

「原來妳男友在啊！」

她不好意思的微笑、點頭。接著說：「是未婚夫啦！我們訂婚了，我未婚夫很生氣，他出來要石老師半夜別來騷擾我，但是，石老師一直翻來覆去，說要找我談，最後，你知道的，兩個男人……後來他沒事吧？」

原來沒有舍監，而是未婚夫，這對石老師是一大打擊，基於男人的尊嚴，也難怪他要撒謊。我本想要多說些石老師墜溪的細節，繼而又覺得不要多嘴，反正他們結束了。

埔鎮學妹還意猶未盡，吶吶的問我：「他還好嗎？」

「還好。」

「我，其實，我和石老師在一起很快樂，其實，我，我想說……」

她忽然用水汪汪的眼睛看了我一眼。是撒嬌嗎？

「要我帶話給石老師嗎？」

「就說……沒事。」

當然有事，她故意欲言又止，就是有事。而且，她的心事也不難猜，試想多一個獻殷勤的男人圍繞自己，何樂不為？或許她以為我會將眼前的情景轉述給石老師，或許她忌憚於未婚夫的警告，或許她還在猶豫著怎麼開口。但我出於正直——也可說是嫉妒——不等她留下任何足以掀起波濤的話語，就告別離開了。事後，我也不願將這件小事告訴石老師。

到了農曆年節前夕，石老師的腳傷還未痊癒，行動仍不方便，只得請他家人來協助他返鄉過年。我原本好意要騎機車到里鎮火車站接他家人，卻屢被他婉拒。

找到宿舍來的是一位略微豐滿、有著雪白膚色的年輕女人，她臉龐被汗珠占滿，米白的連身裙上沾了土痕，看得出來，她走了一段長路。

「你怎麼了？」女人一見到石老師，一句溫柔的問候，聽得我的心都融化了。

「還好。」石老師先介紹我，接著介紹這女人說：「她是我老婆。」

我嘴巴應該沒有張太大，勉強自己皮笑肉不笑的點頭，擠出：「辛苦了，怎麼過溪的？」

女人淺笑著看我：「感謝你一路照顧我老公。他每次在電話裡，一直說感謝你。」

這話說得多好，明知是謊言，我也輕飄飄的：「同事嘛！互相幫忙，他才照顧我多了，學校的事都是他教我的。」

她又客套了幾句話，這時我看出她的顴骨微廣，有一種熟悉的感覺，覺得她像某一位女人……

「過溪床好走嗎？」石老師問她。

她馬上轉身對石老師，換了一種軟綿綿的語氣，訴說她怎麼走過溪床和竹橋的，說她的鞋根斷了——她翻開右腳板，露出那斷掉的鞋根給石老師看，同時一手搭到石老師的肩上。

我該迴避一下，才移動腳步，她馬上轉向我說：

「我還真是個不及格的女人，石老師受傷也不肯讓我知道，如果不是要回家過年，到現在我還不知道咧！幸虧有你照顧他，我家裡有小嬰兒，無日無夜黏著我，根本無法脫身來看他，基隆到這裡又那麼遠，他又忙，而且，一出門就迷路不知道回家。」

這些話分明是抱怨給石老師聽的。

「唉！這裡交通太不方便了。」石老師對她解釋：「妳也走過竹橋，那橋一到五月，來一場大雨就會被沖斷，之後的日子，我們根本無法外出，這裡的生活很苦的。」

「是啊！」我脫口說：「有時還會遇到鬼打牆。」

游絲

我必須忍耐撕裂的痛苦，必須集中一切力氣，才能結成一團游絲，才能感受到。否則我就漫散開來，失去了世界，也失去自己。

我找到妳的住處，在一塊木板上停留。我在這裡，也在那裡。我還存有，也近於無了。我剩下意念，一團混沌中唯一的亮光：在空無之前，我要看妳最後一面。

妳瘦了（雖然我看得模糊，但我感受到了），妳已經瘦掉了青春，剩下骨頭來撐起身體。自我來了以後，我隱約看到妳有兩張臉孔，一張是化妝前，另一張是化妝後；有兩段頭髮，一段烏黑，一段灰白；好像也有兩種語言，一種對自己說，另一種對別人講。

幸虧妳還保有瓜子臉，還有未被歲月吸乾水氣的眼睛。

妳住的這層公寓，有兩排面對面相對的房間，很像老式旅館，妳的住處被夾在中間，豆腐乾大的房間困住妳和單人床，臨走廊有一面緊閉的小窗與木板門。雖然我喜歡這種陰暗，但是妳沒有向陽的窗戶，如何眺望風景？不過我很快發現，妳應該沒有閒情看風景，妳回到住處後，趴在床上，吞了一顆黃色藥丸，躺成一尾死魚。

妳開始散發出和這暗室一樣的味道，我聞了又聞，是一種故鄉醃菜頭打開時的味道，對，就是大家說的發霉的味道。

妳感受到我了。

妳都這麼晚下班啊！我急著問。

妳是誰啊？妳管我。

想不到妳還是那麼討厭我。我忍下心頭的怒氣，儘量把聲音調整到平和的語氣：妳剛剛吞了那一顆藥丸，是什麼藥？

止痛劑。我牙齒痛，沒時間看牙醫，而且，我的健保費很久沒繳了。這樣妳高興了吧！

我怎麼會高興？妳是我女兒，妳的痛就是我的痛。吃止痛劑會傷身體。

傷個屁啊！妳別想要我照妳的想法生活，現在我滿身傷痕，妳是不是很高興？不聽老人言，吃虧在眼前，哈哈。

我只是關心妳。我是妳媽媽，怎麼會看妳笑話？

媽媽？妳是怎樣的媽媽？我工作到晚上十點多才下班，搭公車回來，當然晚啊！妳以為我喜歡這樣，這就是窮胚的生活。窮——胚——。

我們兩人不是敵人，我關心妳，才會一再提醒妳，自從妳爸爸走後，妳是我最親的人，我能不關心妳嗎？

我不想照妳要的樣子活，就這麼簡單。妳別想來控制我。

我們都幾年沒見面了，問一句話，妳就說我要控制妳。

妳的語氣之間，充滿了控制的氣息，我就是能感受出來。

妳是要我一句話都不要說嗎？

當然可以說，但是，妳要讓人感受到溫暖，而不是責備我，「妳都這麼晚下班啊！」

妳的語氣就是這樣，好像我犯了罪，妳是來審判我的。

我……

怎樣才能讓妳感受到溫暖？我忍下來，不管如何，今晚我都要忍下來。從妳在我的肚子裡，就常常踹痛我的肚皮，天生和我的八字不對盤。妳不只對我衝撞，和妳爸爸生前也沒好好講過話。妳是我的兒子，我唯一的繼承人；妳爸說妳是女兒，不是兒子，我偏要說妳是我的兒子，我曾將妳當兒子養，妳就是兒子。

我不是來和妳吵架的，我馬上就要走。我是來告訴妳，妳爸爸留下來的東西。

別提我爸爸了。你們生下我，只是讓我來世界受苦。窮胚生下窮胚。

妳這什麼話。我——我一股氣升上來，眼前一片混沌，我散開了。我在幽渺間流蕩，我不能，也不願就這樣離開，我用力，集中一切意志，慢慢將自己凝聚起來。

待我又集結成一團時，一股跌打損傷的貼布藥膏味嗆醒了我，源自妳身上散發出的味道，霸占室內。

妳轉動身子，發出哀哀的呻吟，像表演慢動作般的下床來。妳趿著拖鞋穿過陰暗的走廊，走向盡頭的共用浴室，靠近浴室的一間房裡，有一股騷動的氣息——男人，裡面有一個男人，聽到了妳走路的聲響，那男人的慾望透過門板，竄向妳來。我以為那男人會衝出門來，幸虧那男人的慾望緩緩的平息下來。

妳慢慢脫掉衣服，雙手輪流穿過腰部往上勾，撕掉右肩胛骨下部的那塊貼布。接著抬右手過肩部，妳痛得皺眉——一定是五十肩——要撕肩胛骨肉上方那塊貼布，妳摸到貼布，卻摳不下貼縫，換左手，由腰向上再換由肩而下，再換用右手，為了要撕這一塊貼布，妳被寒氣逼得顫慄不已。

我恨不能為妳撕掉那一塊貼布，就像妳還在國小時一樣，妳曾拉傷背部，每天要我檢查背部的瘀青，讓我貼上藥膏貼布。那個肩胛骨深處，若沒有一個人幫妳看著抓著，妳抓不到那個神祕的癢點或痛點。

對了，妳房間也有個神祕的癢點，妳知道嗎？它在衣櫥上方的天花板。那裡有兩團臉盆大的水泥裂縫，邊緣的水泥已經剝落了幾圈，裡面包著鏽蝕的鋼筋就要探出頭來。妳還算精明，知道將床頭避開那位置，只是那兩大塊水泥若是崩下來，免不了要砸到妳的雙腳。

妳回到房間時，天花板傳來拖動椅子、灑下硬幣的聲音，接著有叩叩的敲打聲。難道樓上的住戶，拿起鐵錘在敲地板嗎？或者在施行奇怪的巫術儀式，反正不管是什麼，這時應該晚上十二點了，難道樓上的人不能為妳著想嗎？倒是妳很平靜的戴上耳機，繼續滑手機。無視每隔幾分鐘就出現的噪音。

妳在手機螢幕前睡著了，我接近妳，讓妳感受到我。

樓上住的是什麼人？半夜了還這麼吵？

一家神經病。

我去唸唸他們。

好啊！我猜他們不理妳。他們家的老人比妳還兇，半夜會拿著拐杖敲我的頭頂，就是個大神經病；年輕人開早餐店，半夜要出門前，會把前一天賣早餐所賺的銅板全丟到地上，再一堆一堆整理，說要拿出去做生意時找錢用。他們只要一起床，就恨不得天下的人都不要睡。

是說這樓板也太薄了，好像只有一層蛋殼。妳知道頭頂的鋼筋要露出來了嗎？妳向房東講了嗎？

這是海砂屋。

海砂？

民國七、八十年的時候，蓋了一堆。沒有這些海砂屋，我也租不起，一個月四千，要哪裡找？窮肧要認命。

妳還在生我的氣啊！我每次聽到妳說窮胚心就痛。

我不是窮胚嗎？那次我都準備要簽約了，頭期款算算就少個十來萬，妳和爸就是不肯借我，還藉口說那房子有剪刀煞，說那種二、三十年的爛房子哪值那個錢？後來我又找了一間，妳和爸就賭氣罵我，說孝親費都拿不出來了，還買什麼房子？

我們怎麼會知道房價會這樣漲？如果那時我去起個會借個錢，妳的頭期款就夠了，就能買到蘆洲那間小房間，夠妳一個人住。只是那時銀行貸款利率八、九%，實在太高了，我和妳爸都擔心妳付不起每個月的貸款，反對妳向銀行借錢買房。誰知道，現在妳沒有一處住的地方。

擔心？你們擔心的是我付不起孝親費吧？每個月孝親費延遲個一兩天，你們就會打電話催討了，這才是你們最擔心的。

我和妳爸是比較……缺錢，那時銀行的利息那麼高，我們也借不起錢，只能找妳，這也是沒辦法的事。我們都以為把錢存在銀行最划算，先存一大筆錢再來買房子，誰知道房價會漲成這樣，存了錢就追不到房價了。

有一天我會流落街頭，就這樣。

那妳有向房東講了嗎？屋頂的鋼筋都露出來了。

管他的，反正砸下來不會剛好砸到我，如果剛好砸死了，也好。

女兒，我知道妳在生我的氣，我知道妳無法接受這個事實，人窮了，想事情會保守，會……我和妳爸不是沒有眼光，是沒錢，沒能幫助妳什麼，沒能留下一塊地或是一間房。但是，妳爸——妳爸留下來的東西，記得，在老家農會保管箱，那保管箱登記在我的名下，那是我們家最後的據點。妳記得去拿。

……

是幾張紙本股票，很久很久以前的股票了，妳爸以前用我的名義買的，我不知道還值多少錢，每一年，我還會收到上萬塊股息，妳記得要去拿出來。

紙本股票啊！爸會留下來東西，見鬼了，他怎麼沒拿去換錢？他欠錢欠到鬼都怕，還有股票留下來？

妳爸雖然好賭，但是他還是疼妳的。

是說他還會留下幾張股票？我在做夢嗎？

不是做夢，在故鄉農會二樓保管箱，妳去找職員問，報我的名字。記得，不是做夢。

樓上傳來幾聲哀嚎，是嬰兒的哭聲，那嬰兒彷彿把這一生的所有力氣都用在這嚎聲上，接著有男人的咒罵聲，還有咚咚咚的響聲搭配著嬰兒的鬼嚎。轟轟水流聲被喚起了，大樓裡的水管像大毛蛭般的蠕動起來。

妳醒了，張眼，打開手機，滑了滑。找到一個號碼，打出了一通電話。那手機響了老久，對方才接。

「幹嘛！」手機傳來男人的聲音。

「喂！房東大人，你叫樓上不要每天殺豬好嗎？」

「又吵到妳了。小孩子嘛！妳小時候也這樣嘛！」

「你他媽不要和我哈啦，這次還有老人，哪有人每晚都在殺豬灑錢？」

「好！我明天再去找他們。我說小美人，大家樓上樓下，忍耐忍耐，是說，妳今晚這麼早睡？」

「做夢，剛好夢到老番顛就被吵起來了。」

「妳做夢還夢到科長？」

「我神經病嗎？白天撿公園的狗大便和衛生紙還撿不夠？晚上還夢到那個變態科長，我是夢到我老母親。」

什麼？我在妳口中是老番顛。

「那個老番顛啊！她不是罵我是吸血鬼嗎？說我房租拿這麼貴，房租要漲又不是我要漲，是大家一起漲，她應該罵政府。」

原來接手機的人是那個無賴，那個渾蛋，有妻小還和妳勾勾纏——這個無恥男人。

「你的房租不貴嗎？上次我租你富貴路那間，就一塊豆腐大，拿我一個月六千；現在這裡只有豆乾大，天花板鋼筋還外露，還危樓，你拿四千。你答應我說民生路靠窗那間的租客如果搬走，要讓我進去住，怎麼都沒有消息？民生路的沒有空房，勝利路那棟的總該有吧！你個大包租公，什麼沒有房間最多，你只是在糊弄我。」

這個男人，這個……我氣得忘了思考了，這個男人，當年，被我逮到——現在竟然還是妳的房東。我的蠢女兒，妳怎麼不挑一個好男人啊！

「唉呀我說小美人啊！妳怎麼這樣說，現在錢薄到比衛生紙還薄，我租別人七千，三、四年來都拿妳四千，還幫妳付水電，已經仁至義盡了，我是念舊的人。民生路那間，租客不搬，我也沒辦法，只要他一搬，我馬上喬給妳，一樣四千一個月，價差我就自己吸收。管帳的婆娘再唸我，我就巴她。」

「你敢巴她，鬼才信。你別裝糊塗，勝利路呢？別以為我不知道，你勝利路還有三個空房間要出租，網路上查得到，你再說沒房間喬給我，你這棟都被政府貼過黃單了，都危樓了，還拿來租給我，你再糊弄我，我就他媽的死在你這裡，讓你的房子變成凶宅。」

妳千萬別想不開啊！女兒。我一激動，就墜入混沌的漩渦中，自我開始裂解。想起之前某位師父說過：中陰之後，六道輪迴。可悲的是我只能墜入三惡道，也許畜生也許餓鬼也許地獄。那些生前的修持，對於為三餐奔走一生的我來說，太奢侈了。我注定沒有資格進入三善道。能在人世掙扎，已經是我最好的因果了。

待我從混沌中浮上來時，我集中力量，將散漫開來的氣息再集結成一團。終於再看到妳。

那男人的聲音放很低，與妳窸窸窣窣耳語，我聽出那男人在和妳打感情牌，說他有多愛妳。

千萬別再聽這個男人的謊言。他騙了妳幾十年，妳怎麼還沒有醒過來？天下的好房東那麼多，妳為何就是離不開他？妳不能因為占了小便宜，就被他耍了，他已經騙走妳的青春，不能再騙走妳的未來。我知道妳在這個城市沒有一塊屬於自己的地方，很辛苦，這種心境，我能體會，我最後這十幾年，也是如此。但是，我們不能因為這樣，就任由這樣一個男人來糟蹋妳。

要是阿榮還在的話，相信他會盡力讓妳有一個家，雖說他能力有限，他畢竟算是一個負責的丈夫，能打三份工的男人，哪裡找？若不是來得太急的病……那時妳拿著慰問金來找我湊頭期款，妳爸說房價這麼高，是要賣給鬼嗎？總會跌的，那時再來買不遲。如果那時咬緊牙根，也許……

妳總是責怪妳爸說：「生雞卵的無，放雞屎的有。」妳幾年不肯回來，他過世後，妳擠出三滴眼淚都無。他也太糊塗，滿腦袋想著發大財，想到夢裡能出明牌，賭輸了錢，為了翻本竟向地下錢莊借錢，最後把老屋賣了也還不完，被逼急了，竟拿妳的證件去辦信用卡，再預借現金來還錢，害妳信用破產，永遠過著躲避銀行追債的生活。我怎麼吵怎麼鬧，就算與他離了婚，還是逃不掉他種下的惡果。

我們都只想平平凡凡過日子，卻是這麼困難。

「那……你要來我這裡嗎？」妳的聲音太溫柔了，對這個男人不要這樣。

「太晚了。明天。」電話那頭的男人大概嘻皮笑臉。

「明天明天，到底哪一天啊？你不來看我，也來看看你的破房子。」

女兒啊！這個人渣，他——我第一次看到這個房東看妳的眼神，就知道這人心裡有鬼，人的眼睛是藏不住祕密的，尤其是這種男人，這種土豪。以前我們喜歡講那個笑話：一個土豪手上戴滿金戒指，到街上買菜，秤三斤豬肉，他不開口講，伸開三根指頭，隨便哪三根，反正是金光閃閃的三根，就怕別人沒看到。這個垃圾，就有這種味道，嘴裡告訴妳他有幾處房產，眼裡就想脫掉妳的衣服。我早就看穿他了——這個人有家室，這種垃圾，只想要和妳上床，他只是想要打打野味。我早就看透這個男人不是好東西。

妳那時說，要把他搶過來，他和他太太根本沒感情。我說女兒啊！沒知識也要看電視，沒看電視也要有常識。電視裡都有演，這種男人不可信，何況當人小的很辛苦的啊！妳回說要搶。妳每次都用這麼堅決的語氣對我說話。

我就閉了嘴。心裡想我們這家的父女都愛賭，妳爸賭輸了房產，妳也要賭輸人生。果然被我這個烏鴉嘴講對了，那一天我聽到妳與房東的爭吵——這混帳竟然對妳說，妳別忘了，妳已經四十歲了，還有一個女兒。

孩子生下來，我一定會去驗DNA。我會把證明給你看。你要你的下一代陪著我吃苦，我就讓他吃苦。妳那時堅決的說。

我不會認。那個垃圾回話。

我聽不下去，就衝進去，指著那個垃圾罵了起來：你敢射，就要敢養，你以為我女兒是妓女嗎？

這垃圾就低下頭來。想不到妳轉身指著我罵：我們兩人的事，妳不要插手。

我是妳媽。

滾。妳竟然這樣對我喊。

一想到這些事，我幾乎沒有力氣再聚集這團游絲了。我奮力纏住一根木頭，還有太多話想對妳說。

我熬到妳熄燈，睡覺。終於妳又感覺到我了。

妳要自己保重，這一世，妳是我唯一還牽掛的人。我說，不久我喝了孟婆湯，我們這一世的因緣就結束了。

媽，我以前沒夢過妳，今晚為何一直夢見妳？

記得我交代的事。

妳沒回話。掙扎著想要睜開眼皮。

妳看不到我了。閉眼好好睡吧！我和妳爸沒能留下什麼。妳拿那些股票看能換多少錢，至少把病痛治好吧！

嗯！

妳難道不能……離開這個地方？離開這個房東，沒有更好的選擇？

嗯！

妳就要這樣過下去？

妳搖頭。說這不是妳能選擇的：我沒得選擇。我已經要變成老姑婆了。每天掃完公園再去打工，下班回到這裡，躺在床上，連翻個身都全身痠痛；我的臼齒也缺了，牙周病越來越嚴重；還有我常常覺得胸口悶痛，這些病痛只有我自己知道，沒人關心我的。這個人，我說房東，妳很討厭他，我也是。但是，人在一起久了總會有感情，有一次我發高燒，他半夜叫救護車來載我，陪我到醫院去。他也會載我去針灸，再說我已經無處可去，至少他還願意來哄我，給我一個勉強能住的地方，妳就說他騙我，是騙我又怎樣，我又能怎麼樣？我曾喜歡他的，要不然那時我也不會懷他的種。

妳……後來那孩子呢？

對我來說，還能被哄就好了。

後來那孩子呢？

我寧願閉上眼，被人哄。

妳……

妳不肯回答我的問題。這是妳的選擇，我痛，我慢慢沉入混沌中，我僅存游絲般的魂魄。我說女兒啊！妳是我這一生最愛的人，故鄉農會保管箱裡，還有我留的手尾錢，記得去拿。記得。還有鄉公所的靈骨塔裡，或許還有我，或許已經無我了。我們今世的緣盡了，如果有來世，記得挑個好人家投胎。還有還有，有一段黑黑乾乾的硬塊，是妳剛來這世界第一次脫落的臍帶。

眼前是深邃暗黑的無盡隧道，妳不會再聽到我的聲音了。我一絲一絲的空了。空了。空了。

坑道

一、

那晚他到師部時已近黃昏，他進坑道時覺得是另一個星球的地底，全身的肌膚被四周花崗岩伸出來的銳利指尖驚醒了。彎了幾處彎，才察覺岩壁頂的那盞日光燈明滅不定的眨眼，這時他確定還在地球上，他伸出手要丈量四周，卻一頭撞向側面岩壁。

這是戒嚴時期，這孤島在黃昏六點陣地關閉，稍晚宵禁。他前一晚被安置在大金門水頭碼頭附近的步兵營暫宿，穿破北風脊骨而來的達達槍聲，讓他一度醒來聆聽許久。

他少有機會拿槍了，他被分派入師部參一科，住進坑道中段，精確的說是坑道岩壁再挖進去的大洞窟，前半面是辦公處所，大約三部裝甲車身那麼寬，角落木板隔著有軍用吉普車身大的一間房間，是科長的辦公室兼寢室，再深進去是更寬的洞窟，那裡壁頂有一管從沒睡飽的日光燈，瞇著一隻白朦朦的昏眼，他勉強從迷暗中看出眼前擠滿了雙層鐵架床，有二、三十個鋪位，大都掛了蚊帳，後來他才體會到，這薄薄的蚊帳紗幕圍成了一座隱私的堡壘，即使隨時都會被掀開，大家顯然很享受在蚊帳內的片刻安寧。

他的床位在最靠外面的上鋪，是快被擠出寢室的邊界，再過去四米左右就是辦公室了，粗想就知道這是所有床鋪最沒隱私最吵雜的位置。但他清楚菜鳥沒得選擇，剛把黃埔背包放上床鋪，還沒有停喘，就去向科長報告。

「來了！要洗個澡，你身上都是柴油味和腐餿味，幾級浪？」科長望了他一眼，又低頭批公文。

「報告，七級。」

「那就翻白浪了，冬天大概都是這樣子，整個臺灣海峽都是我們陸軍的嘔吐物。」科長放下筆，抬頭看了他一眼，笑著喊：「年輕人！我們師現在一團亂，第一次營移防，九千多名軍士官兵，你要先分清哪些是剛到，哪些正要走，你隨時要統計島上各單位的士官兵人數給我，還有那五個離島，每一個島都要掌握。爾後，每一次船期都要再統計一次。有問題問動員官，他不教就求他，求他，會吧！你們預官啊——永遠在交接中，他比你早來，這裡戰地業務和臺灣不同，你問他。」

科長算是訓完話，訊息只有一個「問動員官」。

他兩個多月前到屏東的師部報到，將退伍的師父卻在一夕間接獲命令先遣到這裡，根本無暇交接，師父臨行前要他熟讀舊檔，約好兩人到這裡碰面再仔細交接，結果呢？師父先退伍了。

直到深夜十二點多，他總算把急件公文約略處理完畢，拿了臉盆和換洗衣物，出坑道要去洗澡。步出坑道口的水泥屏風，他被冰冷的海風摜退了一步，眼前的天空一片墨暗。

「長官，你要洗澡啊！」黑暗中有聲音。

「澡堂在哪裡？」

「長官你是今晚才到師部報告的吧？以前我沒看過你？」

「對。我姓蔡，士官兵人事官。」他忽然聯想到自己成了「菜士官兵人事官」。

一名衛兵自暗處中出現，指著左方建築物暗影處說，那廁所旁邊就是澡堂，不過，現在太晚，沒有熱水了，熱水在六點時被用手推車推來。

「那些熱水只夠洗那些梅花，」另一名還隱在暗處只露出槍身的衛兵說：「對一條槓的軍官來說，那熱水是神話，到退伍前能洗到就是神蹟了。」

苦笑。北風伸手伸腳推得他站不穩，他摸黑進浴室，摸黑一陣子，才打開電燈開關。這澡堂中間砌有一座水泥池，大約是一輛吉普車的大小，想來這應該是每日盛放熱水的水池，他伸手摸池內僅剩的一灘水，一陣冰凌。四周牆上，每隔一米左右有一座蓮蓬頭，一轉動它，噴出忽大忽小的水柱，把他臉面凍麻了，只見眼前冒起霧煙，哦！原來我是浴室內唯一的發熱物。他沖水，不斷的呼氣抖動。想起早上文書兵向他說的趣事，說他連上有一名天兵，前幾天洗澡在浴室大喊大哭，安全士官以為是什麼大事，持槍衝到浴室，這天兵捧著兩顆蛋蛋大喊他的小鳥不見了，安官蹲下去檢查，原來這天兵的小鳥被凍得縮進毛裡，安官只好命令他說：「把褲子穿起來，唱九條好漢在一班，唱完再脫下來檢查，小鳥一定會出來。」這天兵唱完歌，真的有掏出小鳥來，高興得大喊大叫。

洗完澡，他快步閃入坑道，馬上有一股溫熱烘暖他。原來這整座山是有心跳的巨大生命，坑道的熱度是從山的心臟處流湧出來的，如果他鑽進坑壁裡，會不會找到這座山最神祕的心臟處？這樣想像著，他走進辦公室，被喊住了：「過來。」是動員官。

他把臉盆置放在辦公桌旁的地上，還沒就位，動員官刷的一份公文甩到他桌面。「讀一讀。這是急件，這是新兵撥來本師的公文和名冊，」接著動員官又丟來一份公文：「明天一定要給師長批准，再慢你會死得很難看，這一份是上梯次簽稿舊文，你先讀一讀，參考上梯的公文，把這一梯的分配出來，明早八點前，我要看到簽呈和分配表。」

接著，動員官拿出兩張小便條紙，先吁了一口長氣：「媽的我又不是你師父，還教你這些——看清楚，要帶腦袋，這是師長和參謀長寫的便條，上面這幾個新兵，先撥到指定的單位，有指定單位的最先分，例如，你看，這個人，師長指定到衛生連，就先分到衛生連。如果沒有指定單位，就塞師部直屬連，再塞不下，就分旅部直屬連，明早給我看。」

他把便條紙湊得很近的研究著。

「看什麼看？你要不要拿去問師長和參謀長這是不是他們的簽名？」

「那……是先放戰車連還是旅部直屬連？記得師父曾說過他把一位有下條子的新兵分到戰車連，後來被釘慘了。」

「別再提你師父了，他現在是死老百姓。」動員官哼了一聲：「你自己看著辦，明早給我看過，再送師長批。」

「是。」

動員官又搖頭又嘆氣，回到後面的寢室區去了。

你自己看著辦——這就是答案。他研究上一梯撥兵舊文的附件：各單位兵力分配統計表。發現直屬連的缺額已經不多，尤其衛生連人數已爆編，倒是各步兵營的缺額還很多，唉！這些有關係的人是不願到步兵營的，誰要當乞丐兵？他決定除了便條紙上的五人編入直屬連外，其他新兵全數編入步兵營，遂開始埋頭工作，忽然一抬頭，壁上的時鐘已指向兩點多，整個辦公室盡是從後面寢室區追逐而來的打鼾聲。

早上他下床時，動員官已經坐在辦公桌前等他了。

動員官瞪著他，拳起右手敲敲桌子，接著從抽屜裡抽出一份公文，遞給他，說：

「看看人家文書兵寫的字體，這是呈師長公文的標準，你被圈起來的字，都不行，你以為師長有時間猜謎嗎？你這份公文呈上去，會被釘得滿頭包。還有，你他媽的三營要上大膽島，你不知道嗎？缺額那麼多，先補不會嗎？你不知道他們營長給師長一通電話，搞不好你剛好去大膽島接人事官，給我全部重擬。」

「是。」

「師長和參謀長的便條紙呢？」

「蛤～」

「蛤什麼？」動員官把他的公文夾丟回來。

好像夾在公文前面呀！早上四點多他要上床前，還有印象，但現在卻怎麼也找不到了。他把抽屜翻找了一遍，就是找不到。

動員官搖頭：「這兩張便條紙不能丟，你敢報告師長和參謀長便條紙丟了嗎？這是那些立法委員或總統府高官的關說名單，你丟了，師長怎麼回報？不釘死你才怪。」

他尋遍抽屜、桌墊、衣袋、褲袋、摸魚袋、垃圾筒與床上，就是找不到。再尋遍辦公室其他桌面，也沒有。只好趁動員官去早餐，大膽的翻找他桌面的公文，沒有。急得早餐沒去用，等到科裡的其他軍官都回到辦公室時，拜託他們翻看抽屜，也找不著。

近八點時，科長回到他的辦公室，馬上喊他進去，瞪了他一眼，道：「一大早我看到你桌面都是公文，全師的各單位士官兵分配表都沒收進抽屜，你卻睡死了。你不知道這裡是戰地嗎？洩密罪要進看守所的，他媽的外面有人喊十萬要買各種情資。爾後，每晚要睡前辦公桌面上的文件都要消失，密件都鎖進抽屜。」

「是。」

「你不知道我們剛移防來時，對岸每晚大喇叭一一唱名我們軍官的名字嗎？誰把名單洩出去的？戰地匪諜罪是重罪，這裡保防最大，別惹火上身，燒到我來了。」

「是。」

科長緩緩的打開抽屜，拿出那兩張便條紙。

二、

他總算領回這一梯新兵並完成撥補作業，吁了幾口長氣，突然驚覺登島至今已過一週，這週他每夜僅小睡三、四小時，先是為了那份新兵撥補的公文就被動員官退了幾次，加上其他積壓的公文，他只能不斷熬夜趕工。

他意識到自己還未排下登島後的第一坨大便。慘了！等他蹲在馬桶上，使盡革命軍人的浩然正氣，逼了一身的汗水，只差沒把肛門直腸擠出來，最終排下五、六顆羊屎般的硬塊。唉！只能這樣了。

回到辦公室，熱鬧滾滾。動員官在痛罵一名下士文書——這司空見慣，不足為奇——軍官人事官也在大聲訓斥一名士兵：「到底怎麼回事？說出來。」這軍官人事官英挺高大，據說還是陸官正期生。

「……」士兵立正站得挺直。

「你他媽怎麼回事？我問你，到底誰那麼大膽，把我們參一的文書兵打到這樣還沒事？你們四營都沒有王法了嗎？」

這名瘦黑的文書兵戴著黑框眼鏡，右顴骨到額頭烏青一片：「報告……」

軍官人士官伸手壓了一下那士兵的額頭，那士兵慘叫一聲。

「再往上一點的話，你的腦袋要成豆腐渣了。這是被什麼敲的？你說！」

「……」

「不說，你在這裡罰站。」

那文書兵立正不動，緊抿著嘴唇。

「四營的——你們營長我同學耶！我搖電話給他，叫他查。」軍官人士官拿起電話，轉動電話手搖把。

「報告，我講！」士兵急了。

「到底誰打你？」

「……」

「我問話你沒聽到？是不是你自己脫哨被老兵揍？不對啊！你三勾老鳥了啊！誰還敢揍你？一定是士官長。」

「報告，昨天高裝檢，我們太累了，待命時就睡著，被旅長抓到，他叫營長修理我們，他就動手了。」

「他他他，到底是旅長還是營長動手？」

「報告，營長。」

「被我同學扁的，」軍官人事官搖頭：「不打勤，不打懶，專打不長眼，有人就是不長眼。你他媽的搞不清楚狀況，難怪會被打，機槍彈藥都被鏘走了你要被送軍法啦！難怪會被打。他用什麼打你？這樣一大片烏青不容易。」

「報告，營長用槍托打我，用腳踢我。」

「你還有哪裡受傷？」

「下面。」

「什麼？」

「睪丸。」

辦公室有人噗哧一笑，大家都抬頭看這傷痕累累的士兵。

蔡人事官看著眼前這個乾瘦的小兵被踢傷睪丸，還直挺挺的立正站著，痛苦的忍耐著。心中竟有一種殘忍的趣味。

軍官人事官語氣間帶著笑意：「我同學不是故意踢你的睪丸吧？這睪丸受傷怎麼醫？」發出嘖嘖聲音：「去找醫務兵看看，你睪丸有沒有破掉？」

「報告，沒破，但是走路會痛。營輔導長有拿消炎藥給我吃。」

「沒事的，革命軍人嘛！睪丸都比死老百姓的頭還硬，你向營長報告說我問候他，他的假要是准了，我會打電話告訴他，我會交代他對我們參一的文書要多照顧一些，出手不要那麼重，他奶奶的，沒事沒事。」

那士兵步到門口時，又被軍官人事官叫回，問他最近步兵營都忙什麼？士兵答說他們連隊已連續構工三、四個月，最主要是運動場聖火臺、精神標語、排水牆等工程，前幾天又修戰備道，他們部隊每日要晚上十點才能回連上，再保養裝備，準備高裝檢，接著半夜要值衛兵，大家幾乎都睡不到三小時，累到連行軍時都要邊走邊補眠。

那文書兵離開後，軍官人事官拍拍自己微微隆起的小腹，吁了一口長氣，感嘆說：「我聽一位在步兵營的學弟說他們常常連續構工二十幾個小時，我還不太相信咧！看來是真的。這些步兵營都調去支援蓋工程，還要應付戰情和高裝檢，又下基地，步兵營長不好當啊！是說要打兵也不用自己動手，叫排長或班長動手就好了呀！」

辦公室的氣氛熱絡起來，幾人七嘴八舌的討論起哪幾個連長和營長會打兵。忽然停了電，大家喊說我們的發電機最近怎麼一直故障啊？

四周一片墨黑，辦公室裡每一個人的聲音都變成了蟲，貼著蔡人事官的耳朵爬著。他還感覺到坑道蠕動了一下，打了一聲飽飽的嗝，嘆了口長氣，那氣息輕觸了他的臉頰。他一陣麻顫，唯恐那背後巨大的怪物現身。

三、

他已習慣坑道內的黑暗，就算臨時停電，他也不會打開手電筒。他會仰靠椅背，閉目養神，任由意念馳騁，腦海總會自動浮現多彩的事物：臺南白亮的艷陽、開山路上火紅的鳳凰木、嘉南平原金黃的稻穗，當然，最常出現的是肥乳豐臀的女人。

這一天停電，他被一隻冷冰的手摸了臉頰一把。然後，他聽到水滴的聲音。燈亮時，他才注意到頭頂的花崗岩石濕漉漉的含著水滴，四周的岩壁面，爬滿水痕。原來春天來了，整座山裡的水脈活了。

那天晚餐，他一進軍官餐廳，就感受到一股肅殺氣氛。等師長進來，喊開動了，五、六十位軍官，竟然連嚼飯菜的聲息都聽不到。他正忐忑猜想到底出了什麼事？突然，師長大喊參三科站起來，罵了一句「丟臉」，猛拍桌子，站起身氣呼呼走出餐廳。所有軍官都草草用完餐，快步離開餐廳，沒人敢久留。

關於參三科的鳥事，傳得比精誠連跑五千公尺的腳步還快。原來參三某位少校軍官，在上週六陣地關閉後擅自離營聚飲，醉後精蟲衝腦，竟然拿著一把小剪刀闖入民宅，想找一名少婦辦那檔事，那少婦嚇得尖聲大叫，少校也驚嚇逃竄。事後，對方忌憚少校是師部軍官，平時又有數面之緣，只託村長帶話來警告一番就算了。想不到那少校大概是豬八戒轉世，又趁酒後溜進村裡，露鳥嚇壞了幾名婦女，其中一名還是少女。這次他被早已防範的百姓聞聲圍住後，竟拿剪刀要自裁，那些百姓喊好叫讚要他下刀，偏偏他就僵持著不敢刺下，當場少校變成「被笑」。這次村民早有覺悟，不再姑息他，圍住他後通知憲兵隊，據說到場處理的憲兵看到是校級軍官也不敢依法處理，帶走人後，還建議私下和解。最後是村長和幾名村民找師部政戰處長檢舉，才依法辦理。這件事讓師部威信盡失，據說師長氣到高血壓發作，除了要求軍法官依軍法簽處外，還對參三科長行連坐處分，同時要求處置一同離營聚飲的軍人。

因為有了這件事，晚餐後，幾名別科室的中、上尉軍官來參一科串門子，圍著軍官人事官打屁，話題從參三科是「巴頓將軍」——每天要被修理八頓——聊起，一路扯到「當兵兩三年，母豬賽貂蟬」，再聊各種軍中謠傳的仙人跳故事。

「是說，他受不了，怎麼不會去捌參么（八三一）啊？」

「他有軍官的堅持吧！」

「以後建議國防部，初任軍官就直接閹割，這樣就天下太平了。」

「那先割參一科軍官人事官，當全師的示範。」

軍官人事官跳起來，抱著下腹大叫：「他奶奶的！」

大家精神亢奮，嘻鬧聲把坑道震得張嗓低鳴。

忽然，聲音緩了下來。

原來門口探頭進來一位少校。

少校把公文夾放到軍官人事官桌上，笑吟吟的環視一遍大家，馬上就出去了。

大家好像落了水濕了身，雖然還故作輕鬆，卻在乾笑兩三聲後都散了。

蔡人事官趁處理好公文，湊身到軍官人事官旁，問：「那人是誰？」

「誰？」

「送公文來的那人啊！」

「保防官。他送他的假單來，順道來看看大家，你知道的，保防官常常要聽聽我們在聊什麼？」

「哦？」

「沒事沒事。」軍官人事官拍拍他的肩頭。

這是他進入參一科以來最輕鬆自在的一夜，他難得悠哉悠哉的洗了澡，十一點多準備要早早就寢。

想不到動員官已在等他。

「今天你過得不錯啊！」動員官睡眼惺忪，沒等他回話：「下電話紀錄給各單位，明早八點前我要看各營和直屬連大專兵人數，然後，你做一份大專生比率統計表。再擬公文呈給師長批。」

「我有做全師的軍士官兵統計——」

「我要大專兵，你耳聾嗎？」

「哦！是全師的總計比率就可以？還是要分各單位比率？」

動員官不吭聲，敲了敲桌子。緩緩吐了一口長氣，才開口：「你的腦袋是豆腐渣嗎？」瞬即瞪他一眼：「師長要全師比率幹嘛？」

「我……不知道。」

「師長為何要做不知道要幹嘛的事？」

「哦！那是要各單位比率？」

「五營準備要上二膽和復興嶼，營長向師長打小報告，說他們單位大專兵硬是比別營的少很多人，迫砲沒幾個人會操作，戰力受到影響。師長要查各單位大專兵分配情形，尤其五營的大專兵比率是不是真的比較低。」

「是！」

「現在要是查出來五營大專兵真的比率太低，看你會不會被釘在牆上，參三科現在黑到發亮，你搞不好把參一科也搞垮了。明天中午科長就要回報師長，你明早八點前完成。」動員官仰身靠到椅背上，眼睛瞪向天花板：「你再混啊！」

他心中燎起一把火，握緊拳頭，起身步出辦公室。室外的坑道一片死寂，僅有日光燈眨著眼，映照著濕漉漉的坑壁。他久久無法平息心頭的怒氣。去他的動員官，如果真查出五營大專兵比率低，也是長期以來撥補不均造成的，這是一、兩年來的結果，每次公文也會你，你動員官沒責任嗎？我才接多久？要不是我和師父交接不順，我也不必受這般羞辱——就是一份全師各單位大專兵比率表嘛！幹嘛要講到好像天大的事？是科長向他要資料他才來找我做的？還是科長指示他轉達要我做？

他想起這四個多月來，動員官每每在晚上十一、二點的時段——甚至曾經掀開他的蚊帳喊他下床——交付他工作，隔天一大早就要成果，動員官交代完大抵就回床上大睡，留下他獨自摸索完成業務。這一段時間，他幾乎沒有安枕的一晚，科長和其他軍官，應該都看出動員官刁難他，大家卻沒有為他講一句話。

倒是很少來辦公室的上尉憲調官，前幾天忽然輕拍他肩膀，打氣說：「小老弟，你的事情多如牛毛，尤其才剛移防，最近狀況又多。我們這裡啊～背後沒有星星或梅花罩的人較辛苦，要不然就看血統，正期、專科、專修班，學長、同學或學弟罩，你這種落單的預官小少尉，沒人會罩你，就只能自己照亮自己囉！」

他聽懂憲調官的意思。

已是杳無人聲的時候，他拿起話筒，搖動電話，總機響鈴了很久才接通，顯然值總機的士兵在打瞌睡。

「你完蛋了，敢睡覺。」他抬高聲調責問。

「報告……長官，我出公差，剛剛才回連隊，馬上來值班，太累了。」

「軍人有講理由的嗎？你出什麼公差？」

「報告，戰史館要畫一幅大壁畫，師長一直不滿意，我們一再重畫，沒日沒夜的趕了快一個月了。」

他想起兩個月前科長親自下電話紀錄，要找繪畫人才，原來是為了這件事：「你們到底會不會畫？畫什麼鳥要畫一個月？還師長親自督陣。」

「報告，壁畫的主題是總長當年帶領部隊打八二三砲戰的情景，師長認為我們抓不到總長當年英勇的感覺。」

他了解這件事的重要：只要總長到這裡視察，看到自己雄姿英發的身影永留戰史館，對師長印象必然極佳。這真是一件大事啊！也難怪科長很慎重的一一面試繪畫公差。

「現在起我們有得忙了，我要下電話紀錄。」

「是。」

四、

又到了各營與直屬連交月統計報表的日子，下級單位的人事官或文書兵絡繹進出參一科交資料。他不停的檢查各單位送來的資料，桌上堆的文件越來越高，背後動員官也不停的斥責下級單位人事官或文書：

「你腦袋裝屎嗎？」

「你們真是一群自掘墳墓的豬。」

「白痴都會你還不會。」

……

他也學會板起臉孔訓人，發現有效率多了。那些下級單位的承辦人，沒有威嚇他們，就會一直耍賴，一再拖延或是胡搞。反正混到退伍，就閃人。某些人，罵久了變老皮，任憑你怎麼罵，他們還是老樣子。

有時他不免會想，是他們太笨了，不，文雅的說，是智商不夠高嗎？還是因為每天瞎混？這是永遠無解的問題，沒有人能真的了解別人的動機與能力。他只能憑短暫的接觸去判斷、揣測，至於這些人面對他時的說詞與表情，是真是假，只有天知道了。

有次他與科長一起到下級單位視察內務環境，科長在吉普車上還有說有笑，到了營區門口瞬即換了一張嚴肅的臉孔。下車時，營、連級單位的軍士官兵全都一片肅然，畢恭畢敬的招待他們。

科長那時的嚴厲的臉孔，讓他嚇了一跳。事後科長對他說：我們今天是代表師長來視察內務。不怕官，只怕管。權力在我們手上，他們就該怕我們。尤其，我們師部軍官的氣勢絕不能弱掉。

氣勢。受預官訓時，連長也曾教過他們，身為一名軍官，就該有懾人的氣勢。連長還親自示範，在一兩秒內，如何由一張笑臉瞬間變怒。那時，他才體會到，人類的外在表情，有時只是表演，無關乎內心——他的師專教授，竟然沒有人教過這類的知識。

我已經有軍官的氣勢了嗎？他最近常常問自己。

忙碌到中午，他準備要去用餐，才舒了一口氣。

動員官在背後喊他：「你過來。」

他勉強起身，緩緩步到動員官桌前。

動員官啪一聲，將一份公文摔在桌上，瞪著他：「這份公文我不簽。拿回去重擬。」

「這……」他瞄了一下公文，原來是昨天擬的公文，依例每月都要發一次：「依往例都要會你，你也都有簽章。」

「我不簽章，重擬。」

「為何要重擬？」

動員官拍桌：「我要你重擬就重擬。」

「你有什麼道理？」他提高聲調。

「你——什麼東西啊你？」

一股氣上來，第一次，他鼓起氣勢，張大眼，瞪著動員官：「憑什麼叫我重擬？你是我長官嗎？」

「我是你師父。」動員官站起身指著他。

他知道這是該決裂的時機了，他往前一步，重捶動員官的桌子，喊：「我是士官兵人事官，不是你的奴才。你管好你自己的業務吧！」

「哇！這——」動員官氣急敗壞的猛摔公文，高舉拳頭。

他挺身站著，等著動員官揮第一拳，動員官是中尉，軍階比他大，他不能先動手。

動員官卻收了手，轉身去擂科長室的門：「報告科長！今天的事你要處理。」

科長在裡面冷冷的說：「我知道了。」

「科長，你都聽到了。我是他師父，他竟敢對我這樣。」動員官又大力捶門。

科長緩緩開門，步了出來，動員官緊跟在他身後嘟囔著：「今天不能這樣善了。」

科長逕自走到動員官辦公桌前，看看辦公桌，搖搖頭，冷冷說：「沒事沒事。」說完，轉身走回科長室。

「科長，今天這事不能這樣善了。」動員官跟在科長後面。

「沒事，沒事。該簽章就簽章。大家準備吃飯了。」科長進入他的辦公室。

「科長——」

科長再也沒出聲，動員官只好無趣的離開科長室門口，回到辦公桌前，大聲喊：

「今天這筆帳我一定要回來。他媽的一個小預官。」

「好啦！大家都同事嘛！」軍官人事官站起來拍拍大肚，笑著說：「參一科一條心嘛！」

蔡人事官回到自己座位，他全身顫抖，整個頭顱烘烘的燒著，汗水已濕透全身。他早在一個月前，就反覆盤算過，清楚自己已熟悉一切業務，他不願再被動員官當嘍囉使喚，而是要當一個能獨立行使職權的士官兵人事官，他必須承擔責任，也必須擁有尊嚴。那時他就決意要與動員官來一場公開的衝突與宣戰，他本來忌憚科長會挺動員官——目前來看，他賭對了。

不，現在還不是下結論的時候。他開始被一個念頭纏住了：如果動員官也抓準科長不管事的態度，暗中報復他呢？他開始隨時留意桌上的公文有否短缺，甚至在半夜驚醒，下床檢查加鎖的抽屜。他擔心動員官會到哪兒去參他一狀？或者是在他領新兵的過程中動手腳？他甚至期待動員官光明正大的來找他「釘孤枝」，如果有這一場對決，他寧願讓步多挨幾拳，來換取接下來安穩的軍旅生涯，也不願意再忍受這樣的煎熬。

五、

幾天以後，他慢慢冷靜下來，檢視那些恐懼，盤算著：自己再怎麼說是一名預官，退伍時間一到，拍拍屁股走人，難道師長能關住他不讓退伍？除非自己進了看守所，那得要他犯了大錯，他能犯什麼大錯？他的言行都恪守軍法規範，除非——政治思想上的因素，因為沒人知道紅線在哪裡，容易誤踩犯錯。幸虧自己師專生的馴良形象有正面的作用，不像那些名校畢業的大專兵，多少被那些職業軍人忌憚，尤其他們又喜歡夸夸批評時政，讓那些遵從絕對服從的職業軍人如坐針氈。

到了春夏之際，坑道彷若變成一尾水蛇，壁面滑溜。某一天，他終於面對脫下鞋襪時的那股腥臭味——他本來無暇面對——原來自己的腳趾縫處和腳掌，已經起了水泡或破皮，難怪他總覺得那裡奇癢無比，是香港腳吧！他提醒自己得找時間去看軍醫。有一種傳言，說坑道內住久了，老年會得風濕的毛病，那得二、三十年的時間去證實，但是得香港腳，眼前，他親身驗證了。

那些隱藏在坑壁後的水脈都探出臉來了，棉被吸了太多的水氣而異常沉重，或者如大家嘲弄的是「畫了地圖」而改變了顏色，他每隔幾天就抱到後坑道曝曬，如果可以，他也想在太陽下曬個半天，讓身體徹底乾燥，可惜沒有這種空閒。

政四科的保防官來電話找他。他暗叫不妙。暗處的攻擊開始了嗎？

來到位於坑道口的政四科，彎過一道石屏風，他踏進政四科辦公室，有點福態的保防官起身，請他進一間小辦公室。

果然有事，他知道今天不是來純聊天的。

「只是找你聊一聊。」兩人坐妥後，少校保防官笑著說：「我們科內的文書兵還有兩個月就要退伍了，要麻煩你幫我們挑一位新文書兵。」

「當然，我一定挑一位讓你滿意的。」他緊繃的神經稍稍緩了下來。

「你才二十出頭，我們都三、四十歲了，你剛來時，我們都覺得你太小太嫩了，想不到最近看你就是個標準的師部軍官了。」

「哪裡，我的本質學能太差了，要學的還很多。」

「別客氣了，你也來半年多了，聽說你在外面是當老師的？」

「是，我本來是國小老師。」

「哦！國小老師……難怪你們科長會挑你，他有眼光。有件事，我想來想去，也許你能協助。」保防官放緩速度，如話家常般的親切：「好吧！我們進入主題，你應該知道保防業務的重要性，部隊沒有保防業務，就像一個人沒有眼睛。」

「是。」來了，他警覺到這是嚴肅的一刻，自己為何會被保防官盯上呢？難道是「思想」上面的問題？眼前的保防官皮膚白皙，圓臉上泛著油光，完全沒有步兵營軍官那種草莽剽悍氣息，一看就是在師部坑道內歷練許久的老狐狸。

「是這樣，關於你們科內的動員官，你有發現什麼嗎？」

怎麼會先問動員官？出乎他意料。他搖頭，沉默。

「你有沒有發現他，比如說，言論偏激，批評先總統蔣公或蔣總統，或是批評國家，或是收看對岸的電視臺，或是洩漏機密文件。上次我到你們科裡時，就發現他匆匆忙忙的關電視，我猜，動員官有在收看對岸的電視節目？」

真的是針對動員官嗎？或者這是迂迴的針對自己而來？他一時之間不知道如何拿捏回話的分寸，只好搖頭。

「對了，之前，馬山一位軍官游到匪區去，你們動員官曾提過這件事嗎？」

「我來參一科還不到半年。」他小心的回了一句話。

「哦！對。」保防官沉默了好一陣子，似乎在等待他要不要再補充什麼，才接著說：「聽說動員官非常討厭你，他沒考上預官，才轉服四年役預官，對你很不客氣，還曾要你罰站，是真的嗎？」

「是對我不爽，常訓我，對我口氣真的很不好。」

「你自己多小心，你師父被修理過，我們這裡還有你師父被檢舉的資料，查無實證，存查歸檔，你師父退伍前有點孤僻，就是因為被檢舉過，當然，檢舉的人我們不會洩漏。」

「哦？」

「我們覺得你很優秀，可以為國家多做一些事。動員官確實是一個問題，」接著他拿出一個公文夾：「這裡有一封檢舉函，寫了很多他的言論，是有一點偏激。你回想一下這半年來他的言行，有什麼不妥的地方？慢慢來。」

「好。我想想看。」他裝模作樣的低頭，避開保防官銳利的眼神。

「我們的談話都是保密的，今天動員官到大金門出差，我趁這機會請你來的。」保防官輕聲細語的提點他。

這是一個好機會，他心裡翻騰著，如果要打趴動員官，只要順著檢舉內容，編造幾句證詞，讓保防官列入紀錄，以後動員官將被「點紅做記號」。他總愛刁難、羞辱別人，對他人從不心軟，前幾天吵架，還放話說這筆帳一定要討，這樣的人真該好好教訓他，但是，若硬要誣指他有不當言論……

「怎麼樣？」保防官輕聲問。

「我仔細的想過了，這半年，」他決定放動員官一馬：「我沒有想到他有任何不當的言論，或是洩密的情形。」

「沒有？你再想看看，」保防官眉頭緊蹙，顯得有些失落：「國家安全，人人有責。」

他沉思了幾分鐘，才又緩緩開口：「就我和他同辦公室的觀察，他沒有。」他篤定的又強調一次：「沒有！」

「沒有一點蛛絲馬跡嗎？無風不起浪，這封檢舉函檢舉的都是具體事實，而且，其中有一件，我查證過，是真的。」

他嚇了一跳，其中竟然有真的！難道動員官真的有什麼不當言論？且慢！這可能只是保防官設下的陷阱，攻心的策略，要別人隨之起舞。

他相信自己的眼睛與耳朵：「沒有！我沒有聽到或看過他有什麼奇怪的言論。」

保防官注視他良久，才嘆了一口長氣，道：「沒有？你想清楚，不必保護他，我們可以合作，這也是我們的責任。他那樣對你，你更不應該縱容他。」

「我只會把眼睛看見的、耳朵聽到的講出來，」他語氣堅定：「我確實沒有發現他有異常。」

「沒有啊～」保防官放鬆嚴肅的表情，笑吟吟的看著他，不斷點頭：「好！你真年輕。」

這句話，後來定格在他對坑道的記憶裡。

木耳

這裡的病人把所有的力量——意志力、念力或內力什麼的——都用來絆住時間的腳步。時間在這群病人之間，扭扭捏捏的蠕行前進；牆壁、門板和人們的輪廓都浮動了；門楣上的白光數字，好像長出舌頭呼叫著他。

這是診間。他閉眼休息時，耳邊不斷聽到阿母的話：說她昨夜吞了兩顆安眠藥，說要向醫師請求增加她安眠藥的劑量，說她怎麼也睡不著，說這掛號一百多號為何不能改，說護士怎麼不喚她進去，說醫生會先看她的，說醫生知道她兒子是醫師，說，說戴這口罩呼吸很不順，再說她兒子是醫生……阿母霸氣的聲響，殘忍的刺醒周圍那些被眼油困住的老人。

一百二十號。他幾天前一再的說服阿母，預約單上寫的下午四點以後才輪到她，但實際上要再慢一個鐘頭才有可能。醫院不是菜市場，裡面有許多病菌，等太久會傳染病菌。再說口罩戴那麼久也不舒服。

「咱共健保卡擲入去，醫生連鞭就會叫咱，伊知影恁二兄是醫師，會叫咱先入去看，若到五點才看，傷暗矣。」阿母論判天色最常用的評語「傷暗矣」。

每一次陪阿母來醫院就診，他都要向阿母重複說明：照號碼來，醫生一定會看到我們，妳那麼早就到那裡等，醫生若不跳號先看妳，妳要等很久；若是跳號先看妳，後面的人就要等更久。

阿母不會被說服。她不能接受四點以後才去醫院——「傷暗矣」——她不管掛幾號，管他五十號或是一百號，反正一定要比預約時間早兩、三個小時就位。這一次，他固執的要照預約掛號單上面建議的時間，說下午四點才要去老家接阿母，阿母連打幾十通電話來抱怨：

「我踮厝內嘛是等，我每一工天袂光就醒，我就咧等啊，較早去，毋是較好？」

「我昨暝歸暝無睏，恁爸仔予我吵甲罵人，我吞兩粒安眠藥仔，也是睏袂去。」

「一直想著看醫生的代誌，下晡四點出發傷暗矣。」

「安眠藥仔無啊……」

一夜吞兩顆「使蒂諾斯」，這是阿母的新紀錄了。他固執的不願意妥協，堅持了幾小時，阿母動員臺北的二哥打電話來：

「難道你不知道阿母在吃抗憂鬱和焦慮症的藥嗎？而且心臟病的人哪受得了這樣折磨，她胃又不好，你提早兩個小時載她到醫院會怎樣？」

會怎樣？在家等會怎樣？在客廳坐著等會怎樣？一定要和幾百個病人擠候診間，網路不通，時間定格，看著輪椅上的老人垂首掙扎——我們家強迫症的基因也太強了吧！他心裡這樣下了注解。

他提早兩小時去接阿母，她已坐在老家屋簷下，扛著冬日大太陽等他了。

「我等足久矣。」

在車上，阿母抱怨她的失眠更嚴重了。隔壁有人辦喪禮，誦經聲擾得如穿腦魔音——她總是把佛經連結死亡——說上週鄰庄神明生放煙火，也令她苦不堪言：

「我勞碌命，就愛像以前種木耳按呢操勞才睏會去。」

他很慶幸放煙火不是他能處理的，但是像捉蟋蟀這種事，他就跑不掉了。那次阿母凌晨四點打電話急催他，要他回老家捉蟋蟀，說有蟋蟀害她整晚無法入眠，一定要把牠們找出來，也許一隻，或者兩隻，反正一定要找出來。她前晚吞了三粒安眠藥，再不找出來，今晚又要吞三粒。「足大聲，若佇我耳孔邊同款。」阿母強調：「若霆雷公。彼隻烏龍仔。」

他翻遍小菜園，找了近二小時，真的找到一隻小蟋蟀。

醫師開的安眠藥吃完了，阿母要他去買，西藥房因沒有處方箋不賣，他先把自己的給十顆應急，同時打電話向臺北的二哥求救，二哥用快遞寄來了二十顆，阿母這幾天才有安眠藥可用。

「阮二兄千交代萬交代，無醫師的處方箋，這款藥仔是袂使予妳的。」

「伊就醫生啊！是按怎伊袂使予我藥仔？」

「妳佇臺南，伊佇臺北，妳不是伊的病人，伊袂使隨便予妳藥仔，妳出去烏白講，會害伊沒工課。」

「騙痟的，政府吃人，連安眠藥仔也袂使加幾粒予人。」

「安眠藥仔毋是糖含仔，吃傷濟對身體有敗害……」

阿母轉頭，把眼神落在遙遠的某點，這是防禦姿態，你別想要攻破她的堡壘。

候診區的病人溢出來了，有人被擠到邊邊的走道，大概是病人散發出來的磁場太紊亂了，他老是無法清醒自己的意識，總覺得這裡許多病患是乾枯的植物，僅有眼皮緩慢的開闔證明還在行光合作用，偏偏這燈光太無力無法扮演太陽。十幾間的診間，病人在門口蠕動，一進一出的交換祕密，診間門楣上那神祕號碼，召喚大家的魂魄。阿母的號碼很大，代表阿母永遠在煩惱的狀態。這裡是灰白的世界，夾雜著銀白、斑白和禿皮的油亮白，其中寥寥可數幾顆烏亮的頭髮，顯得醒目，大概是推著輪椅的外傭，和幾位好像是跑錯地方略顯尷尬的年輕人。

網路不通，他只能閉目冥想。阿母在他右邊的座位。她的嘴是不肯停下來的：

「咱這位女醫師，我探聽過矣，講是這間病院今年過年，收到院方紅包上大包的，講是包一百萬元。」

「哦！」他張開眼回應了一下。

「我特別問咱隔壁的阿滿仔，伊的查某囝佇這間病院做護士，講這个查某醫生收著的獎金比查埔醫生閣較大包。」

「這——這和妳有啥物關係？」他搖頭：「妳管別人領偌濟錢。」

「恁淑芬舊年就無欲參加七月的考試，人攏講伊若閣考七月，會當考著醫生，你看恁二兄啊，賺錢若咧啉水咧！恁攏袂曉教囡仔，像我當初是按怎教恁的，出一个醫生，敢有遐簡單。」

他閉上眼睛，恨不能關上耳朵。這一件事已紛擾快一年，兩老含恨孫女沒推甄上醫學系，無法向鄰里炫耀一番。女兒不願參加七月的指考，選擇理工科系就讀，兩老情緒崩潰，怪罪他不會教育子女——偏偏兩老幾年來對於他東奔西跑載著女兒補習，卻說女兒終究是別人家的媳婦：「查某囡仔，開遐濟錢。討債。」

「這啥物時代啊！查某查埔攏同款，總統就查某囡啊……」他費盡口舌要說服兩老，兩老會別臉望向他處，他就算青筋暴皮，兩老不轉過頭來，讓他所有的話語都打向空中。事後，兩老會向鄰居抱怨，說他固執，「袂曉教囝，啥人的囡仔無拚醫學系？」鄰居也樂得將這些話再傳給他，反正鄉下人嘛！平日沒有什麼娛樂，好不容易有好戲看，「別人的失敗，就是我的快樂。」就像布袋戲裡黑白郎君的口頭禪一樣。

「這个查某醫生足凍霜，一年賺遐濟錢，加開幾粒安眠藥予我會按怎？這藥仔比鼻屎閣較細粒，加予我二十粒會怎按？講啥物是管制藥品，今仔日我欲共伊講藥仔無夠力，欲換藥仔，抑是一工加開一粒予我。」

阿母在旁邊喃喃不止，忽然說：「我就無小心就擲無去，這藥仔遮細粒，我就無小心就擲無去啊！」阿母似乎正在編造自己安眠藥不夠的理由，或者她真的曾不小心把安眠藥掉在地上——她一定會把它找出來，那是她的寶貝，少一顆，她就要面對一個無眠的夜晚——不知道哪一個才是真實的？恐怕沒有人知道，和阿母同床的阿爸不知道，阿爸每晚偷走了阿母的所有睡眠，一覺天亮。阿母只能偷偷加吃安眠藥，她現在恨不能一夜吞下三顆——誰知道她一夜吞了幾顆，反正安眠藥不夠——醫生一再口頭警告，阿母就像作弊的小孩一樣，遊走在犯規邊緣，她的心思都放在這裡。

「伊是心臟科醫師，不是身心科醫師，妳愛和我同款閣去看精神科，這位醫生干焦會當照以前精神科醫師開的處方，繼續開這藥仔。」

阿母又轉開視線了，那是無言的抗議。

「醫師講妳吃的是上好的安眠藥，這是管制藥品，吃了記憶會退，也會戇神，而且吃一段時間藥效就會變差。會當減吃就減吃，這種藥仔傷身體。」

「哪會記憶退？我的記憶足好。恁每一个人的電話，我攏印佇腦內。加吃一粒會按怎？我著毋信。你家己吃遐濟年，嘛無啥物代誌……」

「我——」他不想再和阿母辯下去，藉著打電話，離開候診區，到處晃了一圈，竟然找到一處有網路的地方，打開 line 讀了十幾則聊天訊息，邊看短片邊步回座位。

網路又不通，短片定格。

遠遠就聽到阿母的大嗓門：「阮囝是醫生，伊佇臺北開業，生理足好，連假日攏看診，伊啥物科攏嘛會……」

他嚇了一跳，警覺阿母接下來會「宣傳」到他——照阿母這捲錄音帶的臺詞，他是無處可逃的——果然阿母已經接著：「今仔日來的是我的細漢囝，伊以前佇鐵路局做科長，這馬退休矣，伊和我同款攏睏袂好。以前阮厝內散赤，萬事攏我咧主張，若無我，遮的囝仔哪會有今仔日的成就……」

「阿母，換妳啊！輪著妳啊——」他阻止阿母再說下去，快步移到阿母面前，看到被阿母吸吸騷擾的苦主是坐左側的老婦人，那老婦人趁機站起來轉身離開。阿母稍稍平緩了下來，拄好拐杖扶著椅背緩緩起身，站好後，一一環顧那些坐著打盹或發呆的老人們，露出得意的笑臉，抬高額頭，才顫危危的往廁所的方向步去。

「閣愛幾號？醫生敢會先叫我？伊知影恁二兄是醫生。」阿母大聲向四周再宣示一次，才拄拐杖向廁所步去：「愛會記得共醫生討安眠藥仔。」

「我知！」

阿母從廁所回來，相中人群中僅有的一個位置，落坐下來。他坐到最後面的位置，樂於離她遠一些，不用費心去管她要說什麼話。果然阿母坐下來不到三分鐘，又開始對她隔壁的一名婦人開講：

「妳知影我啥物時陣開始失眠的？」也不管那婦女只是應付她點了頭。阿母繼續：「妳知影我啥物時陣開始失眠的？」

「喔！」婦人強裝微笑。

「因為阮以前種木耳。」

「恁種木耳喔？」婦人竟然神奇的回應阿母。

「阮歸條路仔內的人攏患這失眠，攏——失——眠，大家半暝攏吞安眠藥仔才會當睏。」

阿母如果往演藝圈發展，或許會有一點喜劇效果。眼看她周圍的人都被那聳動的語氣提起好奇心了，而轉向她：

「是按怎？」有人問。

「講來話頭長，阮以前種白木耳，厝邊隔壁攏種木耳，妳吃過木耳無？妳敢知影木耳收成時，阮按怎收木耳？妳一定毋知影，木耳大收攏佇過年時彼陣，木耳若熟，半暝就愛緊挽落來，載轉來厝，緊切掉蒂頭，趁木耳還袂開始爛就愛入烘爐烘予乾，烘爐無暝無日攏佇咧烘。」

有人回：「和挽竹筍同款啊！」

「無同款，竹筍免入烘爐。木耳像露水咧，媠噹噹，毋過見到日頭就爛，所以木耳寮仔內全封死，沒一點仔日頭光。木耳大發，你無馬上挽起來，伊就爛了了。阮挽木耳，顧烘爐，無咧睏的，歸个庄頭，三更半暝，每一戶攏無咧睏。歸個月攏無咧睏，就按呢，等到收成了，才會當睏咧三眠三日。毋過按呢了，半眠顛倒睏袂去啊！」

阿母說得有點誇大，整個月都沒睡人不就掛掉了，實際上大家會在烘爐前，放一張躺椅或木椅，累了就偷瞇一下，當然隨時要警醒起來看烘爐裡的溫度。他也不知道兩老當時究竟能睡多久？他連自己都顧不了——每晚切木耳蒂頭熬到眼皮睜不開，能躺上床就算貪心了，半夜被挖去摘木耳是常有的事——他無暇分心去顧父母睡覺的事，每個人都在對抗體能的極限，掙扎著撐下去。他只隱約知道父母兼顧烤烘爐和採木耳，無分日夜的無止境勞動，應該已耗盡身體的精血。

用人的青春換木耳的青春，種木耳的人都有覺悟。

「木耳大發，無咧分過年無過年，伊大發，你就無咧休息的，你要和伊拚，無按呢，你的囡仔的學費欲按怎來？咱種田飼不起囡仔，才會賺這款錢。天公伯仔可能看阮蹧躂睏眠，就收倒轉去，攏無愛予阮睏啊！阮遐歸條路仔，種木耳的，大家攏嘛失眠，大家後來攏嘛吃安眠藥仔。賺這種錢，著這種病。若講阮這个細漢囝，伊嘛咧吃安眠藥仔——」

「阿母，好啊！」他打斷阿母的話。不願意阿母將他的事情說出來。

阿母停了一下，看隔壁還在聽她講話，馬上又張嘴：「我第二查埔个佇臺北咧做醫生，生理足好——」

「好啊！阿母，好啊！」他提高聲量，甚至站起來，想要走進阿母與那婦人之間。

阿母閉上嘴，一臉不解的看著他。周圍那些老人，對他投來不屑的眼神，彷彿他偷走了他們的樂趣。他尷尬的回到原來的位置。

沒有了阿母的聲音，候診室瞬間轉換了臉孔，空氣變得冰冷，原本還跳動的燈號就定格了。他從後面看去，覺得老人們都進入冬眠的狀態，只剩一張張耳朵還呼吸著、蠕動著。

木耳，也像耳朵，是那些龍眼木頭，想要偷聽這個世界的消息而用力長出來的耳朵。最鮮嫩的耳朵，最脆弱。那些採收季結束還殘存的木耳，那些躲在龍眼木背後暗處，不願被發現而老去的木耳；那被歲月的膠質侮辱的耳葉，變黃、黏稠，攙雜了木屑縮成一團，失去木耳該有的尊嚴。這樣的木耳，摘下來要切掉丟棄的部分太多了，就讓它自然腐去——偶爾他故意不摘那朵木耳，僅僅記住它的位置，想再窺探它生命最後的形貌。只要兩三天，他就遺忘了，因為木耳腐敗後被成團的膠質黏住，像一隻大毛蛭般的躲了起來。

「郭美女。」一個聲音喊，原來門診護士在喊病人。

「我。」一位坐在輪椅上的老人慢動作舉起手來，那人的白髮短得不到一吋，看來是一位中性的人了。

大家開始緩緩轉動頭顱望向聲音的來源。

阿母站起身來，向那護士走去，可那護士早進入診間。他快步跟到阿母身旁，阿母問他：

「咱排幾號？」

「一百二十號，要閣等足久的！這馬才八十幾號。」

「你有共護士講咱先入去無？」阿母催他。

「護士會叫咱。我健保卡有擲入去啊！」

「你有共護士講恁二兄是醫生無？」

「愛照號碼排，等一下無要緊。」

「啥物無要緊，恁大兄來，伊就會共護士講，攏會先叫咱。」

「好啦！等一下護士出來，我隨共伊講。」他很無奈，每一次都要特別央請護士跳號叫阿母。

他拉阿母回來坐到位置上，自己遠遠在她身後。反正網路不通，只能閉目養神。昏昏沉沉的晃了幾下腦袋。

聽阿母叨叨的對人說起自己的兒女、貧窮的過往與失眠的歲月。阿母的聲音不斷的滲進他的腦殼，他奮力抵抗，那聲音卻在他的腦內不斷激盪，流淌在他的血液裡，他無處可逃……

「若無我，這木耳寮的工課，根本做袂來，這……」阿母開始新一輪的開講，鄉下小診所的那些護士最喜歡大喊一聲「打針」來打斷阿母的話，她們會互相擠眉弄眼，傳遞著看笑話的眼神。阿母戴口罩仍封不住嘴巴，她能一面挨針喊痛一面說下去。

「講著彼个查某囡仔，竟然放符仔欲害我，你講，這款查某……」

阿母又在「脫稿演出」了？

「閣講伊有問過律師，我袂使按呢分土地，誰講的？」

怪他坐得太遠，一時攔不住阿母，竟讓阿母編排起那齣謀殺劇。他全身疲累，無力再起身去攔阿母，阿母鄰座的那些老人，剛剛已經多次用奇怪的眼神在告訴他了——你這個不斷攔住老母，不讓老母暢所欲言的孩子，真是個不孝子。

就讓阿母講個夠吧！可是，大姊不是阿母講的這樣啊。

大姊已經被白髮催老了，上次回家，她直接挑明兩老不該把土地都過戶給三個男生。

阿母直接回應：「誰叫妳是查某囡仔？」

「咱這个家，毋但我是查某囡仔，也閣有一个查某囡仔矣。」

大姊指的是二姊。大姊又繼續：

「查某囡仔閣按怎？種田種木耳我有分，煮飯煮菜照顧弟妹我有分，分土地就共我踢出去。」

「妳毋知影『姑不入龕』嗎？妳後日仔是袂使入神主牌，這間厝內，無人會當予妳入神主牌，妳知影無？」阿母也直接嗆大姊。

「敢講查某囝毋是父母生成……」大姊氣得全身顫抖，再也說不出話來。

「你免想欲轉來分陳家的福分。」阿母說得很絕。

他過去拉走阿母，又回頭安慰大姊：「姊啊——」

「你講看覓，我毋是這个家的囡仔嗎？我無為這个家付出嗎？」大姊流下眼淚。

滿頭白髮的姊仔，還在計較是不是這個家的孩子？姊仔的力氣，好像都用來與兩老作對——其實不對，從他有記憶以來，姊仔就常常背著他在灶前吹火苗升火，煮飯菜煮熱水，那火苗在木屑上燃起時的金黃火花，那香噴噴的米飯香，常與姊仔的形象連結一起；後來他往外跑了，姊仔還是守著廚房，只是換成瓦斯爐。姊仔曾到北部的紡織工廠工作了幾年，脫離了家裡的柴米油鹽，某一年她拗不過兩老的電話急急如律令，回家幫忙採收木耳。事後她說原本以為採收木耳是一件浪漫的工作，誰知道，從浪漫的白木耳到鈔票之間有一道鴻溝，唯有靠無盡的勞動才能跨過這道鴻溝。

姊仔也曾年輕貌美，有一年從北部坐火車回家，還引起了在鐵路局男職員的注意，他們都說她長得像當年火紅的「林慧萍」——那是他記憶深刻的事——還有人透過關係想認識她，可惜姊仔那時在北部有男朋友了。對，那年大年初五，那個男人來家裡，說是姊仔的男友，說是來談婚事，那時姊仔在木耳寮工作，兩老大概因長久缺眠而糊塗了，還是心裡掛念著幾萬張木耳正在熟長腐去，只想要趕緊去木耳寮，奮力絆住時間的腳踝，將木耳最黏的膠質定格在烘爐中。兩老沒有招待這位男士，也無視他的提議。等到姊仔回到家，已經無法挽回這段謬誤——許多姻緣，就因為陰錯陽差而毀去——姊仔事後淡淡的評論。那年她採完最後一朵遲來的木耳，安穩的睡上一覺，才覺得大夢初醒——這是她的說法——她才有情緒哭泣被耽誤的婚姻大事；也才記起她本來說好只是回家採收一冬的木耳。

姊仔跑了一躺北部，大概沒能挽回男友。至於紡織廠，也說冗員太多，姊仔也被順勢裁掉了。

姊仔留了下來，習慣了鄉下的節奏。兩老在非木耳時節就輾轉在外打小工，她成為家裡的代理母親，也是父親——就是那時，他發生了那件事——姊仔承擔起了大部分的農事，她沒有警覺南方太陽的惡毒和採收木耳熬夜對身體造成的傷害，她的風華剝落得又快又狠。到了故鄉的木耳產業崩毀那年，她已經老成中年農婦，成為家中勞力過剩的成員，兩老那時開始催婚，甚至自作主張要媒婆去奔走，這惹惱了大姊，她在一次與兩老的嚴重衝突後，離開故鄉，再次到大城市去打拚。

「無嫁出去，想欲留佇厝內做姑婆，日後伊免想欲分恁的香火。」阿母連大姊的房間都不願留著，將它改成孫子的嬰兒房。她習慣在炫耀子女時，刪去了大姊，以維持純度。偶爾被他捅破了心機，阿母就臭臉不語；再無法，就回：「老啊！袂記啊！」

看來我和兩老的感情算是到此為止，大姊說，不值。不值。你也該醒醒了。

該醒醒了……

「誰叫伊是查某囡仔？」阿母辯不過他時，會搬這道天條。若是阿爸也在現場，這天條就加了封印，沒得討論。

反正這都是長輩的事。有時他認為這無可厚非；有時，他認為這對大姊不公平。不管如何，這不是他切身的事。阿母的家族也是這樣啊！阿母的舅舅獨得了一切財產，更把家族的榮耀也陪葬了。

「你去摒門問護士，是按怎醫生沒先叫咱？咱來等遮久啊。」

「咱愛照號碼來，大家攏嘛是按呢。」

「醫生捌你二兄，佪醫生攏嘛熟似，你愛共護士講，咱較早來，先看咱。我的心臟會擋袂牢。」

阿母總是講自己的心臟噗噗跳，快斷氣了，偏偏醫生叫阿母莫緊張，說她心臟還不壞。「像六十幾歲的心臟，不像八十五歲的人，算是康健。」這些安慰的話像安眠藥一樣，藥效幾小時，阿母又會開始「老番顛」了。

他還在躊躇怎麼去對護士講，一位矮瘦老婦，拄著拐杖走來，向阿母打招呼：

「醫生媽，妳……掛幾號？」

阿母聽到了「醫生媽」這帖藥，瞬間回復了精神，挺起身，朝對方點了點頭。

「醫生媽，妳……掛幾號？」

「我……咱真有緣，攏同一工來看醫生，真有緣。」

「醫生媽掛幾號？我八十八號。」老婦報了號。

這個「醫生媽」叫得阿母眉開眼笑，額頭都散發了光芒，整個診間、整個世界都繞著阿母轉了起來，那些周圍的人只剩模糊的光影。

「阮囝足無閒，伊的診所生理足好的，病人攏看袂了，做醫生就是按呢，足無閒，伊以前讀冊攏嘛第一名，阮兜以前攏我咧主張，囡仔攏我咧教育——無人陪妳來哦？」

婦人搖搖頭。

阿母興頭大起：「今仔日本來輪著老大欲來陪我，個銀行無閒，就換這个細漢的，阮囡仔濟，足好輪，隨時攏有一个陪我來，有一遍我開刀，兩个來陪我，我講免遮爾濟人，一个就有夠啊！啊妳的囡仔是足無閒呢？」

婦人萎了下來：「妳的囡仔足有孝。」

「攏我咧教，阮兜攏我咧教。啊這个是佇鐵路局咧做公務人員——」

診間旋轉起來，阿母坐在中心，所有的人都仰望著她，那旋轉越來越快，萬物的輪廓模糊了，只有阿母……他暈眩到噁心：「阿母，好啊！」

阿母的聲音如洪水轟轟的咬著他的耳朵：「講著這教囝……攏嘛是我粒積予個讀冊，遮的囡仔才有今仔日的成就……」

「阿母，妳莫閣講落去。我頭殼足痛。」

「攏我咧教……」

所有的人影都只剩淡淡的微光，阿母的聲音如魔音傳腦，他想要哀求她止嘴，喉頭卻發不出聲音來，只能不停的揮手——直到護士的呼叫解開了魔咒。

阿母一進診間，馬上要接續剛才的講話，女醫師會讀心術似的誇她好命，轉頭用國語問他媽媽的狀況，於是，這診間就響起了二重奏：低音部是阿母自說自話的臺語、高音部是他與女醫師交談的國語。女醫師也和阿母用卡著鏽斑的臺語交談幾句。「最近好嗎？」「看妳身體足好的！」阿母瞬間轉換方向，抱怨整晚失眠，胸口痠痛，心臟怦怦跳得快受不了。他同時用國語補充：「能不能再加開安眠藥。」女醫師也趁著阿母又說起醫生兒子時，在電腦上打了一輪字，同時向他解釋：「你媽媽要看身心科，才能再加安眠藥的劑量。我們這裡是心臟科。」

「她講話也顛三倒四的，不只是失眠的問題。」他點頭。

「我馬上掛她的號，你帶她去看身心科。出門右轉，會看到身心科的診間，那裡是獨立的診間。」女醫生看著他，沒張嘴，卻發出如布袋戲裡魔音傳腦的聲音：「你們家族有一個嚴重的基因缺陷，就是無法分辨夢幻與現實，始終活在自己的世界。加上安眠藥的副作用，這種現象對你們變得更嚴重。」

女醫生在鍵盤上敲起字來。

他聽到大姊在喚他的聲音：你也該醒醒了……

阿母停下嘴來，伸長脖子想要去看醫生的電腦螢幕。

「好了，你們到外面等。」

阿母從診間出來時，特意走到剛剛與她聊天的那位老婦前：「妳聊聊仔等，我看好啊！」然後，靠近老婦，卻沒有放低聲量：「醫生知影阮囝是醫生，先叫我。我掛一百二十幾號。」

老婦人張開缺牙的嘴對阿母露出欽羨的眼神。

他感到愧疚，就去安慰老婦人：「阮阿母人較老，身體較虛，醫生怕伊袂堪得，所以先看伊。等一下就叫妳啊！妳敢會曉領藥仔？若袂曉，妳就去大廳問人，人會教妳。」

「會啊！會。」婦人感受到他的善意，直誇他：「你真有孝，真有孝。」

他拿了護士交付的處方箋和身心科的掛號單，將阿母往身心科的診間帶，阿母察覺這路線有異：「毋是欲去大廳領藥仔？」

「哦！毋是，今仔日醫生無開安眠藥予妳，講是愛身心科的醫生才會使開予妳。」

阿母尖聲喊：「是按怎欲去身心科？我也無精神病。你以為我毋知，遐就是咧看精神病的。幾年前，我就捌去看過啊！」

阿母非常忌諱看「精神科」，大概是舅舅因為精神問題受到嘲弄，若是她也看精神科，大家會有更多的閒言吧？但是就他所知，鄉裡的人非常排斥舅舅另有原因——傳言在鄉裡的木耳外銷日本最盛的時候，舅舅憑著種植白木耳的農業專長，被對岸的官方重金延聘——更務實的說法，是利誘，也有更加腥色的說法，實情只有舅舅與另一位同行知悉。舅舅兩年後回來時，腫成油滋滋的一團，另一位同行，據傳還得了花柳病，驗證了某些傳言。第三年，對岸就獨攬白木耳外銷日本的生意了，鄉裡的木耳產業成了腐爛的木耳，大家都無法理解轉眼之間，這裡的木耳沒有人要。鄉裡的木耳寮全被拆除，冬日夜裡再也不見有人熬夜烘烤木耳。暗夜自此奪回領土，卻不願把睡眠全數還給村民。

舅舅之後在鄉里間受盡白眼，失去了之前各種顧問與委員的頭銜，還衍生後面精神異常的徵狀。這些都讓阿母的娘家背負著污名，被人們指指點點。阿母無法把娘家的事撇得一乾二淨，成為心中的痛點。

「妳欲加挈安眠藥仔，就愛去遐看，這是病院的規定。」他斷然說。

「啥物規定，恁二兄就會當挈安眠藥予我，誰講愛看精神科的醫生？」

「阿母，毋通講這。」他湊近阿母的耳朵：「袂使講這。妳會害二兄沒工課，袂使烏白講。安眠藥仔是管制藥品，二兄袂使挈予妳。妳一定要去予精神科的醫生看，才會當挈安眠藥仔。」

「誰講的——」

「好啊！」他大聲喊阿母：「恬恬。」

阿母被他嚇了一跳，默不作聲了一陣子，才說：「你和恁姊仔攏同款。對我大細聲。恁兩个攏同心，伊忤逆我，伊欲和恁分土地，你猶閣咧替伊講話。」

「莫講這有的無的。」他們到了身心科的候診門外，他再一次叮嚀：「到內底莫烏白講話，妳若閣烏白講話，挈無安眠藥仔，我無負責。醫生叫咱來，咱就來，莫固執。」

「啥物心心科，連念就念袂順。」阿母絮絮念著。

「是身——心——科。」

「心心科。」阿母回了一句。

後面傳來一聲噹噹聲響，引起大家的注意。他見一位理光頭的青年，緊挨著兩個穿藏青色制服戴帽子的人走來，光頭青年腳踝扣著的腳鐐拖在地上，產生響音。那三人在他們身後，跟著進入身心科的候診室，坐到最裡面的角落。

他感到四周的空氣緊壓過來，呼吸變得厚重了。阿母也被震懾而閉口不語。倒是有一位中年人，呆頭呆腦的晃到那三人面前，笑著對他們說：「我以前做兵做三年，我退伍的時陣，是阮連上的怪老子。啊你做幾年啊？」

光頭青年低下頭來，看著手上包著的外套——那裡面是手銬吧——沒有理他。

以一位受刑犯來看，光頭青年顯得太過瘦削，眼神太迷離。不僅如此，身心科裡的人都有一種迷離模糊的特質，或許是因為頭上的日光燈中有一盞閃爍不安，造成光線跳動；這個小候診間，成了一個閃爍的世界。阿母這一次神奇的打起盹來，難不成這閃爍的日光燈藏著神奇的催眠力量，他也放鬆下來，感到一陣酥軟。

若不是大姊，他會不會步上這個光頭青年的路。贓車、無照駕駛或其他什麼的刑責。那時車主死咬他，不肯鬆口，他在警局的偵訊室裡被剝得只剩內衣褲，在極冷的冷氣中，顫慄了兩個日夜，該承認的罪責都承認了，該簽的都簽了。他自覺只有進去蹲牢房了。第三天一大早竟然被放了出來。大姊領他回家，捉著他的手說，我為你已經不顧面皮了，你該醒了。

後來他聽到內情，說大姊向車主下跪，為他求情，說他只是一時糊塗，若放過他，車主的大恩大德，會永遠被記住。大姊將所有的積蓄都拿出來當和解金，配上她死纏爛打的功夫，總算說動了車主。事後村裡的管區員警也對他說：誰也不相信你大姊這麼會喬事情，按理這種事，議員來也不一定喬得動。

你該醒了。

那年十七歲吧！之後他不再當一頭野牛，他清醒過來，承擔起了生命的重軛。

阿母沒有回答身心科醫師的提問，儘管醫師的閩南語很道地。她彷彿沒有耳朵，只管自己不斷倒帶。

醫生只好用國語問他說：「她睡得還好嗎？」

另一個聲音卻響起：「你睡得還好嗎？」

他回：「不好，怎麼樣都睡不好。連閉上眼都有影像不斷出現，想要擋也擋不住。安眠藥能不能加劑量？」

「那就……每天再加半顆，但是，這安眠藥會有副作用，不能再多了。」醫生向他說明用藥與劑量如何調整。另一個聲音同時響起：「吃了這藥，不能開車。尤其長途開車很危險。」

「我偶爾要載我媽媽，我會一直擦綠油精提神。」

「哦！要很小心，按理說是不行的。」同時有聲音：「白天會很累也不要上床躺，晚上才好睡。」

「好。」

走出診間，那光頭青年與戒護人員還在坐在門口，那盞日光燈更嚴厲的跳著光。

兩人快到大廳時，阿母開始數落身心科看診的不是醫師，又不會聽心跳、看喉嚨、把脈、打針，隨便聊幾句話就開藥了，哪有當醫生的這麼簡單。你二哥才不是這樣，他可是會開刀的。

他無力再解釋了，反正阿母覺得如何就如何。她如何定義世界，就是如何。她要說什麼話，就說什麼話。他無力再改變阿母了，他也近六十了，到了精疲力竭的年齡，到了剩餘日子比過去日子少很多的年齡，而他還在浪費時間想要改變阿母——大概只有大姊還不死心，還在徒手對抗，想要搖動這顆大石。

你也該醒醒了。

吃這藥，免不了副作用的，比如說嗜睡幻覺失憶……

他在排隊等候領藥時，回頭看到阿母坐在大廳的長條椅上，對著一位坐在輪椅上的老婦人滔滔不絕的說著——又再倒帶重來——那老婦人左顧右盼的似乎在找人來推走輪椅。阿母甚至站到那婦人面前，擋住了婦人前面的視野，只管淅瀝嘩啦的說著。

他突然決定讓阿母的日子有點小插曲，就像女兒上國小第一天，他躲在背後偷偷看著她走路上學那樣。領完藥，他閃個身，就避開了阿母的視線範圍。他快步走回醫院候診室的長廊，那裡候診的人大都已離去，僅有幾位滿臉眼油的老人轉臉望向他。他回到身心科的候診室外，看到一團糊糊的身影蜷坐在那裡，那是自己，只剩一團灰黑的影子。

有人搖他，帶著青春甜味的聲音對他說：「先生，先生！你醒醒，你還好嗎？」

他才張開眼，眼前一抹模糊的身影對著他：「這應該是你的健保卡，剛剛有叫你的名字，你一直跳號，醫生還在等你呢！」

「我……」他看清眼前站著的護士，她手上正晃著健保卡。

阿母呢？他想要理清到底阿母最後在哪裡。

那護士卻一直對他說：「醫師在等你，他本來要下班了，特別叫我出來看看你在不在，你睡得還真熟。醫生在等你。」

「我……」

護士再一次把健保卡遞到他眼前：「這是你啊！沒錯，輪到你了，你已經跳號很多次了。」

「安眠藥，」他腦裡隱約浮起「我是不是很久沒睡了？很久很久沒睡了。安眠藥能不能增加劑量？」

後記

我的生活很少離開小說，自青少年起，手上總有一本正在讀的小說，有時是新作，有時是舊作重讀。我常因忘情於小說世界，以致耽誤了該周全的生活細節，無法與現實的節奏合拍。雖然如此，我仍自得其樂：那些生猛有力的文字；那些精彩炫目的情節；那些血肉鮮活的角色，每一樣都令我著迷。小說，擁有奧祕的符咒，永遠蠱惑著我。

在讀了許多作品，膜拜了不少大師，也窺探了生命某些陰暗與光采後，我不免藉助小說來宣洩塊壘。小說能藝術化表達個人的生命觀察與感受，足以承載各種主題，尤其是那些不便言明、隱晦的生命境況——我們總會遇到幾次，成為心頭的疙瘩——我習於將這些藏在小說中，如同一道謎題，留給讀者去感受、去解讀。這種過程，有人說是創作，有人說是對話，不管如何定義，我曾執著其中，可惜生活的奔波與才氣的局限，我的寫作磕磕絆絆，但也僥倖獲得肯定，比那些不得入門的人幸運了一些。

這本小說集子裡的作品，是我這五、六年來的成果。大約二〇一五年左右我與摯友楊寶山、李慶章學長三人共組讀書會，每隔一、兩個月於臺南楠西相聚，不僅品評名家作品，也彼此琢磨習作，可說不計疏食飲水而樂在其中，這本集裡的部分初稿，就在那樣的因緣下寫出，多蒙他們過目與指正，他們總能細讀我的作品，見我所不能見，提出不少令我反思的觀點，更激勵我不斷的寫下去，他們是這本書的催生者。之後，讀書會曾有更多文友加入，可惜眼下大家為生活各奔西東，勝景不復。至今每每想及文友們高談闊論文學的風采，心中依然激動不已。

也是這一段時間，我開始接觸艾莉絲．孟若（Alice Munro）與芙蘭納莉．歐康納（Flannery O'Connor）的短篇小說，對短篇小說的藝術價值有更深的體會，重新撿拾之前視而不見、見而不思的素材，才能有這些短篇，我不確定這些作品受了上述兩位大師多少影響，若有的話，我希望他們的影響讓我的小說更臻於完美，而不是生硬而唐突的技巧移植。這些小說成集，使我有較宏觀的觀看與思考，是各篇散逸無序時沒有察覺的，可見出版給了寫作者一面洞見自己的明鏡。

本集裡的小說背景，大都在遠離人群的邊緣地帶，這與我生活的背景有關；某些角色難逃命運的宰制，無法積極創造自己的人生，或許是芸芸眾生的寫照。《紅樓夢》裡有言：「假作真時真亦假，無為有處有還無。」小說原型常源自現實，卻已經虛構轉化不復現實，讀者身在其中或有臨場感，卻不宜硬給小說套上現實的枷鎖。另外，小說中對話有臺灣閩南語的部分，係參酌教育部「臺灣閩南語常用詞辭典」用字，以達意、普及為原則。其中，〈擔馬草水〉為第一人稱敘述小說，強調敘述者主觀感受，模糊了人物語言的客觀背景，涉及臺灣閩南語的用字較主觀，是為例外。

我的小說啟蒙是東年老師，在民國七十七年左右，他是我參加耕莘寫作會時的小說老師，我曾多次將小說初稿塞給他指正，他總能細讀後給我珍貴的意見，今日想來，頗有剝削老師的感覺，多虧他能容忍，他的鞭策也是我始終沒有放棄寫作的力量來源。另外，張子樟教授是我就讀臺東大學兒文所時的指導教授，雖然畢業十幾年了，他還在鼓勵我不要放棄寫作，多讀經典，他還懷抱著青青子衿，悠悠我心的情懷，可惜我早已滿頭白髮。歲月蹉跎，莫過如此。

我常常在編排小說細節時借用妻子的經驗，感謝她無悔的借用人生給家人。

感謝九歌出版社陳素芳總編輯、李心柔編輯，她們的專業與耐心值得更多掌聲。九歌出版了非常多文學大作，比如《尤利西斯》，他們的眼界與勇氣令人佩服，我的感謝包含了更多致敬的成分。

九歌文庫 1372

擔馬草水

國家圖書館出版品預行編目 (CIP) 資料

擔馬草水 / 姜天陸著 . -- 初版 .
-- 臺北市 : 九歌出版社有限公司 , 2022.02
面； 公分 . -- (九歌文庫 ; 1372)
ISBN 978-986-450-405-3(平裝)
863.57 110022398

作　　者——姜天陸
責任編輯——李心柔
創 辦 人——蔡文甫
發 行 人——蔡澤玉
出　　版——九歌出版社有限公司
台北市 105 八德路 3 段 12 巷 57 弄 40 號
電話／02-25776564・傳真／02-25789205
郵政劃撥／0112295-1

九歌文學網 www.chiuko.com.tw

印　　刷——晨捷印製股份有限公司
法律顧問——龍躍天律師 ・ 蕭雄淋律師 ・ 董安丹律師
初　　版——2022 年 2 月
定　　價——320 元
書　　號——F1372
I S B N——978-986-450-405-3
9789864504091 (PDF)